HINT

HINT

野村胡堂 著
張嘉芬 譯

死亡預告

這次要輪到我了嗎？野村胡堂的名警探推理短篇集

導讀

現代的擺渡人：野村胡堂和他的「花房一郎」系列

◎曲辰／推理小說研究者

在夢枕獏的《陰陽師》中，有這樣一段劇情——

作為助手角色的源博雅去拜訪主角安倍晴明，到的時候發現晴明正在樹上攀折花枝隨意丟置在周遭，馥郁至極的香氣布滿了整個庭園。博雅好奇的問晴明在幹什麼，晴明解釋他在召喚式神。

式神是猶如自然界的精靈一樣的存在，陰陽師們基於各種理由而透過咒術將之束縛並賦予形體與功能，晴明想要召喚的正是花精。晴明說，如果要從花樹中直接將精靈召喚出來，那就很像將人直接丟入冷水之中，會讓式神有極大的排斥，但如果在花樹周遭灑滿樹枝，用香味做為引子，那也就沒那麼痛苦了。

雖然夢枕獏未必有這個意思，但我常常會把這段情節解釋為兩個文化相遇的比喻。當一個文化需要接觸他者文化，並因應做出改變的時候，你是不可能強硬地直接砍伐、扭曲、剪裁原生的枝葉的，我們總需要透過一些溫和的手段，引導並說服群眾如何接受另外一個文明的形式。

這其實正是日本在十九、二十世紀之交遇到的問題。

熟悉日本歷史的朋友大概都知道，日本自江戶時期起實施鎖國政策，除了零星的異國貿易——例如荷蘭人被限制在長崎的出島進行交易、韓國跟對馬藩保持關係之類的，幾乎是不與外界來往。知識分子仍然可以透過各種途徑吸收國外的知識，但整體來說對日本民眾而言，外國是個知道但不重要的存在。直到一八五三年美國海軍准將培里（Matthew Calbraith Perry）率領四艘蒸氣戰船直至浦賀外海，讓當時自知不敵的幕府以主政者生病作為藉口，以拖待變並重新思考鎖國問題，而在次年培里再次率領九艘蒸氣戰船來犯時正式宣告解除鎖國。

解除鎖國的日本一如當時幾乎所有的東亞國家一樣，急切地從西方吸收大量的知識，劇烈地展開現代性工程。但對民眾而言，現代並沒有使用手冊（或者說使用手冊甚至是現代才有的概念），他們在口耳相傳中，將政治與生活上的革新扭曲成某種更符合他們心靈結構的版本。舉個例子來說，明治時期經常可以在全日本各地看到有「幽靈火車」出現的傳言，目擊者往往指稱在荒煙蔓草間，忽然有白熾的燈光與呼嘯的機器聲，彷如一台火車朝自己或身邊疾馳而過，然而回過神來當然什麼都沒有。對當時的人而言，一個巨大的、總是躁動的、充滿力量且會改變地景的交通工具是難以想像的，他們必須將其隱喻為本就熟悉的妖怪才能更直觀的理解其存在。

在這時，能夠扮演民眾與現代之間的橋梁的，當然不是新聞媒體也並非官方言論，即便帶著現代知識的教育開始推行，也無法上及離開學童年紀的家長，「小說」這個有著強烈虛構性格的作品，這時反而成為了民眾理解現代的主要途徑。

梁啟超曾經說過，「欲新一國之民，不可不先新一國之小說」，他認為小說「常導人游於他境界，而變換其常觸常受之空氣者」，也就是讀者透過閱讀小說去理解其他人的人生，從而改變自己對世界的認知。這觀點用現在的文學理論去看其實頗為樸素，不過卻極能解釋這時的日本小說發展。

所以我們會看到自二葉亭四迷、夏目漱石以降的日本作家開始脫離早期的漢文書寫傳統，將口語融入文學之中，同時他們也用小說傳遞「現代生活」的形式跟可能會遭遇到的問題。到了大正時期，大眾文學興起，由於需要照著一定的敘事公式發展劇情，與純文學作家努力在描摹現代如何衝擊庶民的生活相比，更接近在討論現代生活的框架為何，同時傳遞一定的當代知識給讀者理解。

誠如大家所知道，推理小說的本質與現代理性精神密不可分，一切的謎團無論再怎麼不可思議、或是有著超自然因素於中作祟，在小說結尾都應該要被偵探給收束為一個現實而合理的答案。這時的日本正需要這樣的小說來提醒讀者火車終歸只是人造的機器，而非游移在鄉野間的妖怪裝置，因此推理小說迅速找到自己發展的土壤。

在這個環境下，野村胡堂帶著他的「花房一郎」系列登場了。

不過我們先來介紹一下野村胡堂。

胡堂原名野村長一，一八八二年（明治十五年）出生於岩手，他的家族自江戶時期起便是當地有名望的人家，不但是富農，同時也在地方政治著力甚深。胡堂的父親才四十四歲便成為村長，同時也是個愛書人，讀書的習慣深刻地影響了胡堂，他幼時的讀物便是《三國演義》、《水滸傳》、《八犬傳》、《義經一代記》等古典小說。據說胡堂小時候常被欺負，某次在回家的路上，他說了從書上看來的故事給欺負他的人聽，或許因為太有趣了，馬上讓對方大為嘆服，從此不再針對他。

明治時期還是一個新舊教育混雜的時代，所以胡堂除了上公立小學外，也在岩手當地知名的豬川塾修習漢學，由於家學淵源，他的功課相當不錯，還有餘裕跟朋友組了個俳句社團「杜陵吟社」，也在同時開始試著創作小說，可以說很早就立定了創作的志向。

高中畢業後，胡堂到東京就讀第一高等學校（可以理解為銜接高中與大學教育的學制，相當接近台灣的補習班），並於一九〇七年順利錄取東京帝國大學法律系。但因為大三的時候由父親主導的地方振興事業失敗，野村家承擔了大部分的責任，背負了鉅額的債務，父親又在這時過世，胡堂只好輟學，並託友人介紹進入報知新聞工作。

進入新聞界的胡堂工作極為認真，很快就被上司予以重任，以新人之姿在報上開設了政治人物的月旦專欄，需要跟各個心思深沉的政治人物來往應酬並從中抓住其特徵描寫，奠定了他日後善於以極簡的篇幅勾勒出生動的人物形象的能力。

而後胡堂從政治部轉調至文藝部並擔任部長，在這時他才開始展現屬於他的才華與光芒，報知新聞文藝欄一直以來的主打作品都是「講談本」[1]，胡堂很快地意識到講談本的侷限，於是託名為在日本旅遊的講談師，以嬉笑怒罵的姿態紀錄了日本各地的奇人異事。這個企劃嶄新的地方在於，不僅顧及原來的講談本讀者，也善用報紙的即時記錄的特性，可見其悠遊於古典與現代的本事。一九二二年，他應報社要求而連載的科幻小說〈兩萬年前〉獲得了相當的人氣，隨之而來也有一些稿約，於是給了他勇氣在一九二七年離開報社，正式以專業作家的身分出道，「花房一郎」系列就是這時面市的。

花房一郎系列的設計相當有趣，儘管主角是任職於警視廳的名偵探花房一郎，但出場的篇幅卻遠遠不及擔任主述者的《關東新報》社會線主管千種十次郎，與某種意義上擔任助手的《關東新報》記者早坂勇。可以看出當時作者還在摸索偵探形象，一開始花房一郎並未被塑造成「神探」，所以我們常會看到他犯錯與碰壁。隨著偵探逐漸變成神探，胡堂就有意識的削減其出場篇幅，往往讓主述者與助手扮演釐清案情的角色，而在大家處於一團迷霧的時候，再由偵探颯爽登場，瞬間解決案件並解釋案情，藉由壓縮偵探的存在，其智性形象被強烈的放大。

此外，案件或偵探破案的方式也愈趨符合這種智性風格，學者吉田司雄在評論黑岩淚香寫於一八八八年的〈淒慘〉時，認為這篇小說中的兩個警察的安排有其社會意義，老警察用腳辦案，用到處敲門去探索人情義理的方式來尋找兇手，年輕警察用科學證據辦案，引入當時還相當新潮的科學手段，而兩人終歸找到了同一個真相，淚香透過這個設計調和了當時日本古典與現代之間產生的矛盾。花房一郎的辦案手法也有著類似的改變，早期多靠狀況證據或基於對人際關係的揣測而進行推理，之後開始滲入大量的科學技術環節，用現在的眼光來看那些科學

1 「講談」姑且可以理解為「說書」，也就是由講談師針對某個歷史文本或人物來進行敘事為主的表演，進入明治末期，開始流行採錄知名講談師的表演內容並予以文字化，這類作品被稱之為「講談本」（講談社就是因為講談本大受歡迎而以之為名）。

知識都有點過時，但在當時卻可以說胡堂利用了他與讀者知識上的不對等而創造出了令人耳目一新的謎團。

換句話說，胡堂以花房一郎一己之身，便形構了日本的現代化過程。

考慮到這系列小說在敘事方式與人物關係上往往向古典小說靠攏，但偵探卻愈來愈有現代風格，我們不免懷疑野村胡堂試圖以這種方式來擺渡其讀者，引領他們進入現代的視野，理解自身的處境。

畢竟過沒多久，日本社會外在的轉變就會進入一個誰都無法理解的狀態，而推理小說原本具有的理性色彩也開始會被質疑，就連野村胡堂都回到時代小說的懷抱，創造出他最有名的偵探——錢形平次，偵探的核心變成行俠義之事，而非以現代方式尋找真相。

不過，追索花房一郎這位現代擺渡人的發展過程，也因此而饒富趣味了。

目次

女記者的角色

「這件事情呢，我硬是拜託了警視總監，請花房暗中替我調查，但這起案件實在茲事體大，所以要拜託您多幫忙。千種先生能從報社記者的立場來觀察案情，說不定就可以找出意想不到的線索。」

一

「哎呀？你們都在啊！」

推開人魚咖啡館的門，隨寒風一同竄進店裡的，是關東新報的記者早坂勇，綽號「飛毛腿阿勇」，是個雙腳比筆桿更可靠的男人。

「這不是早坂老弟嗎？最近景氣怎麼樣？」

出聲問候他的，是東京新報的大牌記者高城鐵也。他和飛毛腿阿勇在工作上算是競爭對手，但他對阿勇的友情，遠比敵對心態多出許多，是個年輕有為的男人。

「你說獎金啊？哎呀，領這麼多，花都花不完啊！借一點給你吧？」

「哇！早坂先生景氣大好欸！」

「哎呀！園女士也在？那還真是稀客。」

身邊圍繞著兩、三位記者，對阿勇投以燦爛笑容的，是同樣隸屬於東京新報的女記者園花枝，以文筆好、背景成謎，還有出類拔萃的美貌著稱。

她刻意打扮得像個職業婦女——身穿一襲低調地帶點葡萄紫的灰色薄絨呢洋服；捲得漂漂亮亮的頭髮，在她那雪白的脖頸上隨興地紮成一束。她把黑色的大件毛外套撥到椅背後，舞者也望之興嘆的一雙美麗長腿在桌旁交疊、勾起的模樣，有一點撒野，卻也給人無限機靈、可愛的感覺。

「我說的景氣，不是指獎金的事——那些東西反正大家都差不多。今晚我要聊點更有趣的。」

高城鐵也敬了飛毛腿阿勇一杯威士忌，一邊和園花枝對望了一眼，再像個頑皮孩子般露出莞爾笑臉。這位青年記者的黑框圓眼鏡底下，有一雙閃閃發亮的銳利眼睛，搭配上留著山羊鬍的可愛嘴角，讓人從他的臉部表情中感受到一股奇妙的矛盾。

「要聊什麼？反正不是什麼賺錢的好事。有話就一次講清楚啊。」

「我要聊的其實是賭。」

「相撲的春場所[1]嗎？這個時節應該不是棒球……」

「沒那麼傳統。我想說的是：我們賭上報社記者的名譽，來比搶獨家吧！」

「唔……」

飛毛腿阿勇有點錯愕，因為他從來沒聽過「比搶獨家」這種說法。

「賭局從今天開始，看誰最快搶到足以震驚社會的獨家，大家就隨他差遣。」

「真有意思。這個話題就讓我也參一腳吧！雖然是辛苦了一點，但我要走遍全東京的一流餐館，喝透這二、三十家店，讓你們瞧瞧我的厲害。」

飛毛腿阿勇隔著褲子拍拍自己的小腿，一邊笑著說。這個男人的看家本領就是這樣，一不小心就會把搶獨家搞成馬拉松大賽。

「那要多找一些人，最好能遍及每家報社，而且一旦參賽，就不能再說『我開玩笑的』。」

「那還用說！」

「至於獨家新聞的條件，就是不能做只有一家報社自己有興趣的題材。這個獨家必須在刊出報導後，讓東京地區的各家報社不管願不願意，都得跟著採訪、報導。」

「那當……」

「『動物園的猴子生了小猴子寶寶』這種的可不行喔！」

「高城你真囉唆欸！我有把握。」

「真的嗎？」

「你管我真的假的！今天是星期六對吧？嗯……最晚在星期二的早報上，關東新報就會讓你們看到驚天動地的獨家，嚇得你們瞠目結舌。你們撐得住吧？」

「你說什麼傻話？腦子沒壞吧？」

「『你說什麼傻話』是什麼意思？我可不想被你瞧不起。」

譯註1　日本職業相撲比賽一年共有六輪比賽，每一輪為期十五天。「春場所」於每年三月開賽，在大阪舉辦。

「不過話說回來，早坂老弟，其實我也有醞釀多時的題材。」

「喔……原來敵人也有伏兵啊！太感謝你了，聽到對手也有備而來，比賽才有幹勁。」

「你說的話好大器喔！」

「服務生，給每人一杯雞尾酒，先預祝我成功！哎唷！園女士不碰酒精飲料。看在妳平常為人親切的份上，請妳吃個甜的。」

飛毛腿阿勇看來心情很好，態度很自大。

「阿勇，你的氣勢還真是不得了啊！」

這時，剛好有一個人推門走了進來。這個人把手搭在飛毛腿阿勇的肩上，眼睛向高城、園、某甲、某乙等眾人頷首示意。

「欸！嚇我一跳。誰啊？原來是老大啊！」

原來是飛毛腿阿勇的老前輩——名記者千種十次郎，關東新報社的社會線主管。

「有必要嚇成這樣嗎？好像看到重刑犯一樣……」

「你是不會說什麼討人厭的話，也沒犯重刑，可是這麼嬌美的女士在眼前，一點小事就會讓人肚子發痛啊。」

「哎喲！早坂先生……」

園美枝帶著稍微泛紅的臉，提醒飛毛腿阿勇別亂說話。她發出嬌嗔時的那張臉，看來有如盛開的芙蓉，綻放出典雅之美。

二

「千種先生，想和您借一步說話。」

千種十次郎先離開人魚咖啡館之後，有人在黑暗裡這麼叫住了他。

「您是哪位？」

千種十次郎在隔壁舶來品店的櫥窗前停下腳步，跟著他走過來的人，在同一盞燈下現身——那是剛才在坐在人魚咖啡館的角落裡，一身上班族風格的打扮，獨自喝著洋酒的男人。

「認不出我來啦？」

他脫下軟帽，摸了摸臉——原來是個如隼鳥般聰慧機靈的男人。

「喔……花房！」

他正是警視廳的花房一郎，人稱名警探，如假包換。

「發生了一點棘手的事。總而言之，我們慢慢走到那邊去吧？」

花房警探雙手插在口袋，一副不知是否在邀約千種十次郎的模樣，默默地轉進了從銀座往數寄屋橋的方向。

「發生了什麼事？你不把話說清楚，我會很在意啊。」

千種十次郎說這番話時，兩人已像是一對十姐妹鳥似的並肩，在日比谷公園的長椅上坐下。

此時應該已經是十點過後，銀座一帶還是華燈初上的光景，公園裡則已夜幕低垂。遠處鬧區傳來如陣陣浪聲的喧囂，聽得讓人心情莫名消沉。

「其實啊……」

花房一郎終於開了口。然而，他又沉思了好一會兒，彷彿是在考慮該不該說似的。後來才用下定決心的口吻，接著說了下去：

「我想還是應該跟你說一聲。事情是這樣的：今天大概十點鐘左右，園田敬太郎打電話給我，說希望我盡快到他的辦公室去一趟。園田這個人，我想不用多說你也知道，就是前任外務大臣[2]，目前還是外交研究會的會長。聽他的口氣，總覺得事情非同小可，於是我連忙趕到了現場，才知道事態嚴重——位在永田町的外交研究會辦公室，昨晚遭了小偷。竊賊從保險箱裡，偷走了最重要的機密文件，引發一陣騷動。你也知道，對歷任外務大臣而言，據說這個外交研究會無疑就像是個小姑，因為外交上的所有重大議題都會先在這裡研究。然而，這次被偷的機密文件，是外交上很重要的備忘錄，萬一內容在報紙上曝了光，目前的內閣絕對會先垮台，之後包括外務大臣大原在內，外交研究會的園田和其他諸位委員，恐怕都要切腹才能把事情擺平。」

千種十次郎不禁嚥了一下口水。他明白這件事情的嚴重性，所以更不能理解

譯註2　東京的永田町是日本國會及中央部會所在地，外務大臣相當於我國的外交部長。

警探如此輕易地洩漏消息給自己的用意。

「至於小偷為什麼要偷那份文件，原因也很簡單……」

花房一郎完全不顧對方的想法感受，繼續說了下去。

「外交委員會平時閒得發慌，所以是由三位書記輪流值夜。昨晚輪值的是一位名叫小柴靜夫的資深書記。這個男人以前是園田的秘書，是絕對可以信得過的人。今天早上，他被人發現昏倒在值班室的床鋪上，像條死掉的鮪魚似的，臉上還被蒙了一條充滿氯仿味的手帕。工友發現後，正慌張得不知如何是好時，其他書記也來到辦公室上班，才知道出了大事。眾人急忙打電話給園田，請他盡快到場了解情況後，發現原本放在會議室保險箱裡那份最重要的文件，竟然不翼而飛了。據說園田當場臉色慘白，畢竟要是出了什麼差錯，可是要切腹謝罪的。所以不難理解他為何如此不惜代價，也要趁機密文件在報紙上曝光前找回來。不過，由於茲事體大，必須暗中解決才行。要是消息走漏到報社記者耳裡，那可就不得了了。雖然你也是個報社記者……」

花房一郎轉過頭來，露出莞爾一笑。千種十次郎覺得似乎在不經意之中，看到了這位名警探對自己的深厚情誼。儘管內心帶著些許不安，但仍能感受到一股莫名的支持。

「找個溫暖的地方聊吧！園田應該還在辦公室，我想趁這個機會，把你介紹給他認識，讓你來幫我們效力。」

「我可不一定能幫得上忙喔。」

兩人就此沉默了下來，開始往永田町的方向前進。多雲的夜空，無人的街道上，吹著颯颯寒風，不時還有瘋狂的車輛，以驚人的速度從兩人身旁呼嘯而過。

「真是個糟糕的夜晚啊。」

花房一郎不悅地縮起了肩膀。平時那麼開朗的男人，今晚心情卻那麼差，該不會是因為除了機密文件失竊案外，還有什麼不為人知的心事吧？千種十次郎瞬間籠罩在這個疑慮當中，還悄悄望了望這位和自己並肩的警探側臉。

三

園田敬太郎獨自留在會長辦公室裡，耽溺在無窮無盡的憂鬱冥想之中。看到花房一郎從外面回來，才稍微找回了平時的冷靜。

「花房，有線索了嗎？」

「不能說有，也不能說沒有。先不講這個，我幫您介紹一下，這位是關東新報的千種十次郎。我認為這起案件必須借重他的力量，所以才拜託他一起過來。」

「千種先生，哎呀呀，久仰大名，歡迎你來。」

為迎接跟在花房一郎身後的這位記者，園田臉上那些心事重重的神情，頓時消散得一乾二淨，取而代之的是平常讓他在政壇、在社交圈氣勢如虹的那份從容，甚至還堆出了大方的笑容。

「真是天降橫禍呀……」

「這件事情呢，我硬是拜託了警視總監，請花房暗中替我調查，但這起案件實在不能等閒視之，所以要拜託您多幫忙。千種先生能從報社記者的立場來觀察案情，說不定就可以找出意想不到的線索。」

看到千種十次郎的當下，園田分明還露出了些許不滿的神色，但竟馬上就能調整心情，伸出熱情的雙手來給予誠摯的歡迎，真不愧是個人情練達的大人物。

「千種，去看看現場吧！往這裡走。」

花房一郎看準時機，打開了會長室一角的門。

「請便、請便。」

兩人把園田的聲音拋在身後，就這麼走進那個出了問題的會議室。

那是一間相當寬敞的會議室——排成馬蹄形的桃花心木大桌，搭配三盞精美的水晶燈。奶油色的牆壁，下半部用的是胡桃色的板材，既沒有用到半張廉價壁紙，又能呈現出這個場地該有的威嚴。四周用黑色大理石裝飾的暖爐裡，看來還有長官們開會開到傍晚所留下的痕跡——燒剩的炭冒著些許火燄的情景，也營造出了肅殺的氣氛。

「原本文件就是放在這個保險箱裡。有備份鑰匙的話，三兩下就能輕鬆打開。」

「……」

嵌在會長席旁邊牆上的那個大保險箱，有明亮的燈光照著它那看來戒備森嚴的門。但其實自從被竊賊打開之後，它就一直開著門，還沒上鎖。

「這間會議室有兩個入口：一個通往會長室，也就是我們剛才走過來的那道門；一個則在另一頭，隔著走廊和餐廳相望。窗戶則是都有確實鎖緊，沒有異狀。兇手是翻過後面的圍牆，敲破餐廳入口的一片玻璃，再轉動一下插在門上的鑰匙，就輕鬆進屋了。據說當時工友因為睡前偷喝了酒，睡得很熟，完全沒發現有人闖了進來。兇手進了餐廳之後，先走到值班室，把那條泡過麻醉藥劑的手帕蒙在小柴書記臉上，把他迷昏之後，才走進這間會議室，從容地拿出機密文件，並循原路離開，如入無人之境……」

四

「不過呢，千種老弟，有個問題一定要拜託你幫忙評估一下。」

「……」

花房一郎親切地讓千種十次郎站到很靠近保險箱的地方。

「嵌著保險箱的這堵牆上，有寫著些什麼字，對吧？」

「原來如此。」

仔細一看，大概在保險箱的角落位置，奶油色的牆壁上，用鉛筆寫著兩行粗粗的字：

暫借‧‧

一段時日‧‧‧

「看了這個之後，你有什麼想法？」

「唔……」

千種十次郎沉吟半晌，應該是覺得自己非得說點什麼不可，否則人家專程找他來，就沒有意義了。

「兇手的惡作劇？」他如履薄冰地吐出了這句話。

「不是。」

花房一郎用斬釘截鐵的口氣，否定了他的推測。

「你的意思是說，這些塗鴉有什麼特別的涵義囉？」

一被反駁就卻步，這是外行人的悲哀。

「我覺得應該有。否則甘冒這麼大的風險，到這裡來偷機密文件的兇手，應該不會為了沒有意義的塗鴉，而做出這種會留下證據的傻事才對。從這兩行字當中，我覺得至少可以做出以下這些判斷……」

「例如像是？」

「首先，這個犯人可能是打算拿機密文件去『影印』，再歸還正本，所以才會寫下『暫借一段時日』。而會想拿機密文件去影印，也就是只想偷『文件內容』的，會是什麼人呢？我覺得要不是想鬥垮現在這個內閣的政敵，就是因為機密文件的新聞價值太大，才會鬼迷心竅的報社記者搞的鬼。這份機密文件，只要揭露其中的一小部分，恐怕就足以震驚社會，讓大眾像被捅的蜂窩般喧騰不已吧。在這種情況下，還把機密文件的正本放在手邊，等著被搜索、起訴，未免也太愚蠢，所以一定是影印之後，就趕快把正本放回原處。第二點，我認為兇手十之八九是報社記者——雖然你露出一副詭異的表情，但這絕不是隨口亂猜。」

花房一郎的臉上充滿了莫名的自信，一句又一句地進逼，就是要說服千種十次郎。

「就算只是要寫這種塗鴉，政治打手也會用鋼筆，或至少用個自動鉛筆。可是你也看到了，這個鉛筆的筆芯粗，顏色深淺不均，還有一些粉屑，應該是以劣質石墨製成，等級最低的產品。在東京市區的精華地段，除了報社記者以外，沒有人會用這種鉛筆。要是用了奢侈的鋼筆或自動鉛筆，報社記者就無法使出駭人的飛快速度，在一小時內寫出兩、三百行的稿子——這是你告訴我的，我想絕對不誇張。而用來寫這些原稿的武器，應該就是報社以『打』為單位，供應給記者使用的劣質萬用鉛筆吧？我也知道你們報社記者的口袋裡，一定都會隨身攜帶兩、三枝這樣的鉛筆。第三點，兇手的身高約莫五尺一寸，是個行動敏捷、個頭嬌小的男人。我想這一點不必多做說明，只要運用辦案的基本技巧就知道了。人類在牆面等物體上寫字時，一定會寫在和眼睛同高的地方。從這些文字的高度看來，兇手是個頭很小的人，至少可以確定絕不是你這種高個兒。」

花房一郎愈說愈具體，就連千種十次郎的腦海裡，也都能描繪出兇手大致的樣貌了。

「那兇手是誰，你心裡有譜了嗎？」

「好像有，又好像沒有。坦白說，我其實是想麻煩你幫我做最後決定，才特別把你請到這裡來的。」

「怎麼說？」

「我今晚到人魚咖啡館去，就是為了查這個案子。因為那裡就像是報社記者的巢穴一樣，我心想在那裡聽聽出入的人談些什麼話題，說不定就能找到一點線索。」

「然後呢？」

「結果你也聽到了，他們在那家咖啡館說要比搶獨家。」

「我也是後來才到，不太清楚事情的原委。不過發起的好像是東京新報的高城鐵也喔。」

「可是，我記得說有驚天動地的獨家，在兩、三天內就可以拿出來的，是你那家報社的早坂勇……」

「什麼？」

謎題總算解開了。原來是花房一郎懷疑飛毛腿阿勇，所以才把在同一家報社任職，甚至就是他主管的千種引誘到這裡來，試著探探千種的口風。

「怎麼可能有這麼愚蠢的事？阿勇那麼老實，不可能做出這麼離經叛道的事。」

「可是……」

「絕不可能。第一，牆上的那些筆跡，和阿勇的字一點都不像。」

「但他也有可能換手寫。」

「字好看的人，還有可能因為換個手而寫出醜字；飛毛腿阿勇寫字可是出了名的龍飛鳳舞，再怎麼換手，都寫不出那麼工整的字。我敢保證，阿勇不是會做那種事的男人啦！況且如果他偷了機密文件，打算刊登在報上的話，怎麼可能不來找我這個社會線主管商量。」

千種十次郎拚了命地為飛毛腿阿勇辯解，但深植在花房一郎心中的懷疑，實在很難因為這樣就化解。

五

「怎麼可能有這種蠢事！飛毛腿阿勇他不是個會偷竊的人。」

千種十次郎拚命反駁，卻提不出任何一個反證。不過，花房一郎似乎感受到了些什麼，於是選擇不再強硬爭論。

「好吧，我尊重你的意見。你能不能提出一些證據，證明早坂他不是兇手？就算是一、兩項也好。其實我也很了解早坂的為人，如果有證據，我也不想讓他這樣的豪爽好漢背上污名啊！」

「證據很多啊！」

千種十次郎像是被話題牽引似的，順口接了這句話。

「比方說？」

「比方說啊……」

一個除了古道熱腸之外，對如何辦案毫無所悉的外行人，能找到有力的反證，讓有「名警探」之稱的花房一郎，論述瞬間就被全盤推翻嗎？這個很為朋友著想的報社記者，如夏洛克・福爾摩斯一般，在案發現場到處尋找線索，久久不發一語。

「有了！」

「……」

「你說人突然要寫字到牆上時，會把字寫在和眼睛同高的地方，對吧？」

「嗯，我是說過。」

「如果不是突然，而是為了刻意隱瞞自己身高所寫的呢？」

「什麼意思？此話怎講？」

花房一郎錯愕地站了起來。

「你看這個，這些鉛筆字跡的直筆畫，為什麼會在下筆時特別用力，而愈往下寫，力道就愈輕呢？那是因為高個子想刻意寫出像矮個子所寫的字跡，時，會寫在大概下巴下方的位置，於是鉛筆的筆尖就會朝下，最後就寫出這樣的字來了。」

「……」

「花房，這樣的字，真是出自飛毛腿阿勇那個矮子的手筆嗎？」

千種十次郎的心情，簡直就像是要高唱凱歌似的。

「還有……」

「還有，飛毛腿阿勇為什麼會拿到保險箱的備份鑰匙，對吧？」

「……」

「備份鑰匙尚且不難取得，但保險箱總還需要密碼吧？飛毛腿阿勇和園田素不相識，又怎麼可能會知道那種資訊呢？」

千種十次郎已勝券在握。默默聽著他乘勢追擊的這一番說明，不發一語的花房一郎開口說：

「謝謝你，這下子我心頭總算篤定了。啊……讓你無端操了這麼多心，但我這個人只要稍有疑慮，就一定要打破砂鍋研究出結果才行。看來現在問題就聚焦在『為什麼保險箱的密碼會外流』這件事情上了。我再去找園田見面問問看。」

花房一郎說完，正準備轉頭走開時，剛好準備要回家的園田，身穿著外套，手裡拿著帽子，出現在兩人的面前。

「那我就先告辭了。之後我會請書記留下來陪兩位，有任何需要的話，請儘管吩咐。」

他客氣地道別後，正想離去之際……

「請您稍等一下。」

花房一郎叫住了他。

「怎麼了？花房。」

「我有一件很重要的事，請您務必明白地回答我。」

「……」

「知道保險箱密碼的有誰？」

「剛才就說明過了，我記得應該只有我和我女兒。」

「令嬡現在人在府上嗎？」

「沒有，她不在家。」

園田的臉上浮現了一股莫名的為難神情。

「那她現在人在什麼地方？」

「我連這種事都非得說明不可嗎？」

「我想是的。它恐怕是我們在查辦這起案件的過程中，最重要的關鍵。」

「不，不可能。這是我的家務事，請你暫時先別過問我女兒人在哪裡。」

「……」

園田把滿場尷尬的氣氛拋在腦後，人已走到了門外。

「還有一件事要拜託您。」

「什麼事？」

「現在保險箱裡面，還有沒有其他重要物品？」

「裡面現在什麼都沒有了。剩下的機密文件，都交給外務省了。」

「既然如此，我想請您把這個辦公室的警衛全部撤掉，恢復為平時的狀態即可，您覺得怎麼樣？」

「你的意思是……？」

「兇手今天晚上，最晚明天晚上，就會為了歸還竊取的機密文件，而再次潛入這個辦公室。」

「欸？還有這種事啊？」

「一定會。但燈火通明的辦公室，還派五、六個人整晚在這裡站哨的話，竊賊就算想還也還不了。既然對方有心要還，我們卻不讓他還，這豈不是滑天下之大稽嗎？我們要盡可能給兇手多行一些方便。」

「就請您看看怎麼處理比較妥當吧。如果能把文件還回來，那當然是再好不過了。」

「現在高興可能還太早了一點。總之文件應該是會歸還，這一點沒問題。」

「但願如此。」

這位子爵就這樣帶著異樣的心情回家去了。花房一郎目送著他的背影，一邊咬著指甲。

「這個案子現在變得非常棘手，要從頭開始查起了。」

「園田的女兒和這個案件有什麼關係嗎？」

「說不定有關係，也或許沒有關係。總之讓這個辦公室先清空兩晚，再看看對方怎麼出招吧！我手上已經無牌可打了。」

花房一郎垂下了他那沮喪的臉，陷入了深不可測的冥想裡。

六

過了兩天，花房一郎得意洋洋地打了通電話給千種。

「千種老弟，我是花房。……結果文件最後還是回到保險箱裡了，園田簡直是樂不可支。不過，這起案件現在才要開始進入重頭戲。如果你有空的話，能不能盡快到外交研究會來一趟？我在這裡等你，有好玩的，很有意思喔……

再見。」

花房一郎自顧自地把話說完，便「喀嚓」一聲掛斷了電話。

千種急忙趕到現場。前幾天晚上被氯仿迷昏的那位書記小柴，已經完全康復，帶著千種前往會長室。一來到會長室的門前，千種就聽到：

「這樣稱不上是可以放心。」

園田的聲音隔著門，直接傳到了走廊上。

「因為可疑人物接下來才要開始進入重頭戲。」

花房一郎的聲音也毫不遜色，激昂地在走廊傳響。這樣怎麼可能談得了機密？千種敲敲門，正要走進會長室時，

「哎呀！千種老弟，你來得正是時候。」

園田禮數周到地起身迎接。

「聽說文件已經物歸原主，這下子您就可以先稍微放心了。」

「可是啊，千種先生，花房說還不能掉以輕心欸。」

「我說因為可疑人物接下來才要開始進入重頭戲。」

花房一郎的眉毛一動也不動，照本宣科地說。

「重頭戲？你指的是哪件事？」

「可疑人物不需要機密文件的正本。換句話說，他想要的是那份影本。」

「什麼？」

「我所謂的重頭戲，指的就是這個。他應該沒有打算變賣，只是有反對黨、或報社需要用到那份文件。」

「還有這種事啊？」

「我想不到別的可能。再加上我拿到了可疑人物的照片，這個念頭就更加強烈了。」

「可疑人物的照片？」

聽了花房一郎的這句話，讓園田和千種都不禁睜大了驚訝的雙眼。

「就是這張，請過目。」

花房一郎並沒有敲鑼打鼓、呼天搶地，只是默默地從暗袋裡拿出了一張紙牌大小的照片，推到了兩人面前。

這張照片沒貼在襯紙或其他襯底上，應該是剛剛才匆忙沖洗出來的成品，上面還濕漉漉的，一副剛出爐的樣子。照片中很清楚地拍到了可疑人物的模樣：可疑人物頭戴一頂中折帽，還壓低帽沿遮住眼睛，臉的下半部則是用手帕遮掩。如老鼠般的灰色中折帽底下，有一副粗邊框的黑框圓眼鏡在發亮；而手帕底下，則隱約透出了些許的山羊鬍——再怎麼看，這都像是東京新報記者高城鐵也的照片。

「這不是高城的照片嗎？」

千種十次郎用驚訝的聲音說。於此同時，園田發出了「啊！」的一聲，臉色瞬間一片慘白。

「園田先生，您怎麼了？」

「不不不……事情不應該是這樣的！事情不應該是這樣的！」

園田像是被迫看了什麼髒東西似的，堅持把照片往花房一郎的方向推，還說：

「我真的難以置信。花房，你這張照片是怎麼拍到的？不，應該問你是怎麼拿到這張照片的？」

「您會懷疑是很合理的。相片裡的確是昨天晚上把文件歸還到保險箱的可疑人物，絕不是用來矇騙您的假照片。光是這樣說，或許您還是不相信。其實這張是用紫外線拍攝的照片。乾板對紫外線光源的感光度最好，這一點我想不必我贅述。所謂的紫外線，就是將陽光分解為七色時，在紫色外層那些人類肉眼看不到的光線。只要能把這些光線挑出來，運用在攝影上，那麼即使在暗處，也能自由地拍攝到需要的照片。想以人工方式照射紫外線，可以使用耆婆人工太陽燈[3]，也可以用汞汽弧燈，方法很多，簡而言之就是要讓水銀燈通電、發光即可。不過，單純用水銀燈發出來的光，人的肉眼還是可以看得到光線，所以要用剛才說的那些燈，或放置能吸收可見光，只讓紫外線通過的特殊濾光罩，我們的肉眼就幾乎看不到這些光線，但還是可以拍照。要弄到濾光罩有點麻煩，於是我加裝的是一款用氧化鎳染黑過，甚至還有『三〇六五一』這一組玻璃編號的產品。我先把這盞燈裝進保險箱裡，讓它在箱門開啟的同時就能點火，接著再讓同樣安裝在保險箱裡的小照相機能自動按下快門，這樣就能瞬間拍下可疑人物的照片了。整套機關看起來就像個很平常的玩具，如果您有興趣的話，稍後我可以做個實驗給您看。」

花房一郎的這段說明，確實是相當詭異，但其實園田根本連聽都沒在聽。

「不好意思，我要暫時離開一下，預計三十分鐘以內就會回來，請兩位留在這裡等我。」

他腳步踉蹌，卻再也坐不住似的起身走了出去，不知去向。

七

「花房，這是怎麼回事？我聽得一頭霧水……」

譯註3　日本最早的純國產X光燈管於一九一五年問世，產品名稱就叫「耆婆」（Jiva），命名的靈感取自古印度名醫耆婆。

「你馬上就會懂了啦！案情發展應該會愈來愈有意思才對。」

「園田跑到哪裡去了？」

「這個問題也是馬上就會有答案。你先讓我稍微想一想，我還有一個疑問。雖然這個疑問就只有針孔那麼一點大，但就是很難找出答案。」

說完之後，花房一郎便開始不發一語。過了十分、二十分、三十分……就在快過一小時之際，從玄關到走廊的這段路，突然喧鬧了起來。會長室的門猛然開啟，門後的一對男女，如旋風似的闖了進來。

其中一人是因為憤怒和煩惱，而無法保持平時那份冷靜的園田敬太郎；而被他拉著手，邊掙扎邊走進來會長室的，則是東京新報的女記者——那位美得彷彿散發著怡人香氣的園花枝。

「父親大人，怎麼回事？您拉得我好痛呀！」

「妳給我閉上嘴過來！我有東西要給妳看！」

「父親大人，請您別這麼粗魯……」

「什麼叫粗魯？妳讓父母蒙羞還不滿足，還想在妳爸脖子上套繩圈！妳這個不孝女，我這樣做還算是客氣了！」

女記者園花枝果然是園田家的千金。這位嚮往自由的千金小姐，違抗父親、拋棄家世，投身文字工作者的行列，到頭來甚至還改名換姓，當上了東京新報的女記者。不過，她本人對自己的背景保密到家，傳統望族對這個有辱家門的千金去向，和她那非比尋常的職業，則是不漏半點口風。

「花枝，妳看看這張照片！這不就是誘拐妳，把妳拖進那種行業的那個高城鐵也嗎？我還以為他小有那麼一點才華，打算關照他一下，結果曾幾何時，他竟然教妳這些不入流的小聰明，讓妳當什麼女文人、女記者，真是個要不得的男人。他確實是個糟糕透頂的傢伙，但我萬萬沒想到，他竟然還當起了小偷……」

「父親大人，這太誇張了，高城先生什麼時候當過小偷了？」

儘管被園田這個父親像抓麻雀似的逮著，美麗的花枝，對於這過於離譜的事，還是拚了命的抗辯。

「他從這個保險箱偷走了重要的機密文件，拿去影印之後，又把正本放回來。

他的這些舉動，都被拍成了這張紫外線照片。如何？這副模樣，就是妳崇拜的那個高城鐵也，很了不起吧？哼！」

「絕對沒有這種事，這一定有什麼誤會，高城先生他不是這種人。」

「妳說什麼傻話！證據可不是只有這張照片而已。這個保險箱的密碼，就只有我和妳知道。家裡的保險箱密碼，用的是妳死去母親的名字；辦公室的保險箱密碼，用的則是妳的名字Hanae——這件事除了我和妳之外，應該沒有別人知道才對。是妳把密碼告訴了高城，要他來偷保險箱裡的文件，對吧？要是那份文件的內容被公諸於世，我就非得切腹謝罪才能收拾殘局了。快說吧！講了就說講了，偷了就說偷了，全都給我從實招來，別再給我添更多麻煩。警視廳的花房就在這裡，只要他打一通電話，不出三十分鐘，高城鐵也就會被五花大綁，逮捕到案。」

「父親大人、父親大人，絕對沒有這種事。就連我都對保險箱一無所知了，高城先生更沒有理由跑來開這個保險箱。」

嬌美的花枝，一直抓著自己的大腿，可憐地用她的汪汪淚眼仰望著父親。然而，花枝的這副模樣，完全平息不了她父親那把燒得正旺的怒火。

「花房，幫我打個電話。要請警方盡快逮捕高城，把文件影本拿回來才行。」

「遵命。」

正當花房一郎的手伸向桌上型電話之際，花枝整個身體撲過來拉住他的手，就像一朵被打碎的大花。

「等一下，請等一下！花房先生，開保險箱的是我，偷了文件的也是我，高城先生什麼都不知道。」

「什麼？」

「高城先生他什麼都不知道，他應該是受我委託，把文件拿到保險箱來還的時候，才倒楣被拍到照片的。」

「這是怎麼回事？這、這是妳為人子該做的嗎？我瞧不起妳這樣的傢伙！」

園田雖然沒有動手，但一臉嚴肅地從高處瞪著癱坐在地的漂亮女兒，還不禁在馬賽克磁磚地上跺腳，發出了聲響。

「我現在就請他歸還影本，請讓我打個電話。」

花枝像是爬著起來似的，抓起了桌上的電話，一邊抽噎地哭著，一邊撥號。她的臉因為恐懼和激動而顫抖、扭曲。在她臉上那珍珠色的蒼白之中，散發著一股「全力掩護另一半的女人」才有的異樣美感。

「原諒她不就好了嗎……」看花枝那麼可憐，讓千種十次郎不禁興起了這樣的念頭。但再看看她父親園田那張毫不留情的臉，還有花房一郎那雙冷漠的眼睛，千種這個局外人實在是插不上手。

不一會兒，高城鐵也好像接起了電話。

「啊，高城先生嗎？我是花枝……那個……要麻煩您歸還影本……還給我父親。啊？什麼？就是那份機密文件的影本啊！……從外交研究會辦公室保險箱拿出來的……您不知道？……我現在人就在這個辦公室……不不不，只要歸還影本就好，不用麻煩您跑一趟……您不知道？……怎麼回事？這不可能呀！……現在情況很不妙，您被用紫外線拍了照。啊？什麼？您要過來？那可不行！我父親、花房先生和千種先生都在。……什麼？……影本？您不知道？怎麼會這樣……」

花枝手中握著話筒，不知該如何是好，茫然地望了望她父親、花房警探和千種十次郎的臉。

八

最後高城鐵也趕來加入這場戰局。他覺得花枝的電話讓他搞不清楚狀況，便主動跑來參與外交研究會的這場紛擾。

「高城，你這個男人真是要不得！」

看到高城鐵也的本尊走進會長室，園田敬太郎忍不住吼了他一聲。

「您說這是什麼話呀！」

高城原本正誠懇有禮地問候眾人，聽了園田的這一吼，不禁嚴肅地呆立在原地。

黑框圓眼鏡、山羊鬍、蒼白的臉龐，一副哲學家的模樣，不像是會竊取機密文件的人。然而，他的確和花房一郎那張照片上的可疑人物長得很像，幾可說是如假包換。

「從這個保險箱拿走機密文件的人，是你對吧？」

「您在說什麼呀？如果您說這句話是認真的，那麼就算是園田先生，我也無法原諒您喔！」

「你最好給我少說這些放肆的話！看看這張照片就知道了，你能斬釘截鐵地說這上面的人不是你嗎？」

高城看了看推到他眼前的那張照片。

「唔……」

高城鐵也只發出了一聲低吟。

「快點，總之先把文件給我交出來。如果你肯交出來，或許我還能考慮放你一馬。」

「這還真是天大的誤會，我完全聽不懂這是怎麼回事。」

多麼高雅而從容的臉龐啊！高城鐵也先按捺自己的怒氣，睜著他那雙澄澈的眼神。看著他這樣的表情，就算握有再怎麼驚天動地的照片，都讓人懷疑不了這個男人，不敢想像他就是可疑人物。

「你不必再裝傻了，我女兒已經一五一十地招供了。花房，你還在客氣什麼，快給我把這傢伙抓起來，拿回影本！」

「遵命！園田先生，您是說我可以當場就把可疑人物抓起來嗎？」

「當然可以。既然已經有這麼多證據，簡直就和現行犯沒兩樣了吧。」

「那我就不客氣了。」

花房一郎轉過身，做出看似要抓住高城鐵也手腕的動作，卻接著「唰」的一聲，拉開了後面的窗簾。簾後的男人大吃一驚，往走廊方向衝去，被花房一郎從身後揪住脖子，把他拉了回來。

「啊，你是小柴！」

「這傢伙就是竊取機密文件的兇手。」

「什麼？」

眾人訝異至極。書記小柴靜夫原本還想從花房一郎的手中掙脫，拚命地糾纏了好一會兒。後來他被花房的驚人神力壓制，自知已經連抖個腳都抖不了，才像是放棄掙扎似的，直接癱坐在地。

九

派工友到小柴的座位搜查過後，沒想到機密文件的影本竟完完整整地保留在這裡。或許他是認為最危險的地方最安全，所以才會這樣藏在手邊吧。

「你怎麼會知道小柴是兇手？那這張照片上照到高城又是怎麼回事？」

園田開口問花房一郎，完全忘了自己提問的時機不對。

「在回答這些問題之前，我們先來收拾這個傢伙吧！園田先生，這個人就把他抓到警視廳去嗎？」

「不不不，這個案子我希望盡量不要張揚。我對他多年來的恩情，他竟然恩將仇報，真的是很可惡，不過我也只好委屈點，把他趕走就算了。既然文件已經平安找回來，只要能再拿到影本，我就心滿意足了。」

園田終於逐漸找回了他平時的從容大度。

「小柴，你聽到了吧？就這樣原諒你，實在是很可惜，不過園田會長說的也有道理。你要是還不安份，我可就不保證會怎麼樣囉！去去去！快滾往西天去吧！」

花房一郎打開窗，把小柴丟到了永田町的街道上。

「話說回來，花房，你怎麼會知道小柴才是兇手？我不問個清楚，實在沒辦法放心。」

園田又追問花房一郎。

「其實沒什麼大不了的……這兩天我調查了很多事，才發現原來小柴長年擔任您的秘書，出入府上宅邸的同時——這件事在當事人面前說，實在是很尷尬——他早已深深地愛上了令嬡。可是，令嬡和高城鐵也的關係愈來愈密切，後來甚至還離家出走。因此小柴會策劃這一場大戲，目的之一就是要向情敵高城報仇；另一個目的，則是要把那份影本賣給反對黨，趁機大撈一筆橫財。我起初懷疑早坂勇，的確是一大錯誤；上了紫外線照片的當，進而懷疑高城，也是一個可怕的錯誤。小柴這個兇手，看來是個很會耍弄小聰明的人。他從一開始就打算把嫌疑嫁禍給高城，所以才刻意弄得像是記者所為。歸還文件那天晚上，他不知為何福至心靈，突然想到『說不定會被看到臉』——。於是便戴上黑框圓眼鏡，貼上假鬍鬚，假扮成高城的模樣。真是好險，連我都差點被他騙了，好在我突然想到高城應該是重度近視，但在這張照片裡，可疑人物雖然同樣是戴黑框圓眼鏡，卻是完全沒有度數的造型眼鏡。這一點應該大家都看得出來。」

聽了說明之後再仔細一看，就會發現箇中玄機。不過，如此出乎意料的結果，讓園田、千種、高城和花枝，都愕然無語了好一會兒。花房一郎不以為意，又繼續說了下去：

「戴上黑框圓眼鏡，貼上山羊鬍之後，小柴的臉就像極了高城，不同之處就只有小柴的眼睛略顯三白眼。只要仔細看照片，也能分辨出這一點。至於保險箱的密碼，書記長小柴本來就是最有機會掌握的人，只要在一旁看著園田先生開保險箱，以一個戀愛中人的敏感度，馬上會發現密碼就是令嫒的大名。鑰匙也是一樣，以他的身分，很容易利用職務之便拿到鑰匙，這一點應該不需要我多說。而從餐廳外打破玻璃，還有翻牆進屋的痕跡等，這些小手腳很容易安排。再來只要知道隱身在窗簾後觀察案情發展的人就是小柴，就毫無疑問確定兇手了。最後就只要迅雷不及掩耳地出手抓人，狠狠地嚇唬他一番即可。不過他的計劃確實很周延，還懂得讓自己吸氯仿，讓大家以為他是被兇手迷昏。這麼刁鑽的兇手，連查案經驗老道的我，都差一點就上了他的當呢！」

一路說到這裡，花房一郎的態度都是平鋪直敘，不帶半點驕傲自滿。

「花房，真的很謝謝你。多虧有你，一切總算平安落幕了。」

園田從椅子上起身，由衷地伸出感謝的雙手。

「不，園田先生，還有一件事沒解決。」

花房壞心眼地縮回了手，望著園田的臉，毫不客氣地說。

「還有一件……？」

「請原諒我的魯莽……我說還有一件事沒解決，指的是令嬡和高城的問題。」

「……」

「高城人品高尚，是個不可多得的青年才俊，絕對配得上令嬡，不會讓您蒙羞。希望您能讓這麼登對的兩個人牽手共度，直到永遠。就當作是為您曾經懷疑過他而贖罪吧。從剛才令嬡即使認為高城是兇手，卻還是願意一路袒護他到最後的態度，想必您已經很明白這兩個年輕人的想法了。在這起事件當中，令嬡扮演的角色實在是相當稱職啊！各位，告辭了！千種老弟，一起走吧！這次害你也擔心了。」

花房一郎恭敬地鞠躬之後，便準備往走廊走去。

「啊！等一下！你費了這麼大的功夫查案，不讓我馬上答謝一下，我實在是很過意不去。」

「不不不，我只是個警視廳的小公務員，這點小事還受人答謝，實在是不敢當。只要讓令嬡和高城能並肩照張紫外線照片，我就心滿意足了。」

嬌美的花枝和高城鐵也滿臉尷尬。花房一郎把他們拋在身後，和千種快步走向午後的街頭。

「怎麼樣？神清氣爽了吧？」

屋外是風和日麗的冬日景象。花房一郎停下腳步，深深地吸了一口新鮮的空氣。

「我們兩個單身漢，去人魚咖啡咖啡館舉杯慶祝一下吧？」

「好啊！」

曾幾何時，兩人早已成了合作無間的拍檔。

死亡預告

對世上任何一個有血有肉的人來說，沒什麼毒藥會比氫氰酸更可怕。有位法醫學博士曾說，舔氫氰酸就像是在煮沸的鍋爐上澆一盆冷水一樣，命瞬間就沒了。

伯爵的煩惱

「千種老弟，你就先在這裡坐一會兒吧！這裡平常沒什麼人來，所以打掃得不是很乾淨，但絕對不必擔心隔牆有耳。」

相當於古代藩主的前伯爵海原光榮，竟為了我收起了他招牌的高傲表情，帶我走進了位在廣闊庭園深處的一座華麗涼亭。

他那中分得整整齊齊的頭髮，儘管已經稍顯花白，但當年以「氣色紅潤、受人仰慕的年輕美男子」著稱的外型，如今仍風韻猶存。

然而，既非憂慮，也不是懊惱的奇妙表情，讓這張俊秀的臉龐顯得有些扭曲。究竟是怎麼回事？

「伯爵，您要談什麼？」

「特地把你拉到這種地方來，你一定會覺得很奇怪吧？因為我總覺得非得要這麼做，才能放心說話。」

「……」

「千種老弟，你和我雖然有早期藩屬的這層關係，但在社會上，你可是東京首屈一指的優秀記者。聽了我的事，想必你一定能從中抓出事件的核心，幫我把憂慮一掃而空……」

「請恕我插嘴，我只是關東新報社會線的主管，不是什麼優秀記者，更不是什麼大人物。至於十天前宅邸裡有書生[1]離奇死亡的那件事，如果要談，我想您最好還是去找警方談，讓該接手的專家來偵辦。」

「感謝你的忠告。可是我的這些憂慮和煩惱茲事體大，不只是警方，連私家偵探我都不想說給他們聽，因為那可是我的恥辱啊！」

看伯爵面有難色的模樣，我當然不能繼續摀著耳朵逃避。

「總之我就先答應您吧！但如果我力有未逮，就要麻煩您想其他辦法了。」

「那當然。」

兩人對著涼亭裡的破桌，又把音量壓得更低。涼亭外有三面都緊臨仿原生林

譯註1　住在大戶人家，幫忙家事雜務的學生。

打造的茂密樹叢，剩下一面則是對著鋪有草皮的緩彎路，樹叢、竹林都很茂密，完全沒有讓人悄悄靠近的空間。

書生之死

「十天前，我家裡有個名叫大川的書生，陳屍在我的書房——為了方便我專心工作，所以這個書房依我的喜好，做得特別小——偏偏他就死在這裡。而且那天早上九點左右，正當我吃完早飯，到處閒走散步時，聽到家裡突然鬧哄哄的，我嚇了一跳，連忙從這個庭園的出入口趕回家裡一看，才知道是去書房打掃的女傭發現屍體，引起了一陣大騷動。你也知道，我的那間小書齋，有一個出入口就對著這個庭園。而我從那裡走出來散步的時間，大概是騷動爆發的五分鐘前。就算在我前腳走進庭園時，大川後腳就跟著從另一頭那個面對走廊的出入口進房，那麼他在房裡待的時間，應該也不到五分鐘才對。到底是怎麼一回事呢？根據醫師診斷的結果，大川的死因竟然是一氧化碳[2]中毒。天底下怎麼會有這麼離奇的事？雖然我的確是有點神經質，早上喝的咖啡一定要是我自己泡的才行。而事發當天已是春天，但還稍有寒意，所以我泡完咖啡之後，就把瓦斯暖爐開著沒關，這也是事實。可是，如果這樣就會引發瓦斯中毒的話，住在那間書房裡的我，早就被毒死了。不過既然醫師給的診斷是這樣，大家也不疑有他的話，我好像也沒有必要再多說什麼，但我就是覺得有些事情放不下。千種老弟，這件事我還沒對任何人說過：其實早在一個星期前，我就接到了某個事件的預告。」

「預告？書生會死的預告嗎？」

「不是。書生大川不是因為出了什麼差錯而暴斃，是因為有人把他誤認成了我，他才會被殺掉。」

譯註2　此處原文「炭酸ガス中毒」（二氧化碳中毒），推測應為筆誤，本文一律以「一氧化碳」替代，以合乎邏輯。

「什麼？」

「這個預告，是以一種只有我會明白的形式寫成，內容就寫著要在那天對我不利。」

「您確定不是有什麼誤會嗎？」

「不，絕對沒有。」

「請您再多說明一些詳情。」

「預告上寫的文字很簡單，意思就是要找我報仇，毋庸置疑。你看，這就是我在大川過世前一週收到的預告。」

我從伯爵手上接下那份預告，就著午後明亮的陽光一讀，才發現有人在這張極為粗糙的卡片上，用潦草的字寫下：

第二十三年的三月三日，
拿出你的命來賠。

十七個字，分兩行一氣呵成地寫下。另有一個收信人寫著伯爵大名的廉價西式信封。

我想這件事應該誰都想得到，但為求慎重起見。我還是看了看郵戳——上面清楚印著「東京中央」的字樣，而信封和卡片上的字跡，都是用郵局裡供人自由使用的那款劣質墨水寫成。

「為什麼書生暴斃的時候，您沒把這個東西交給警方？」

「說起來真的是很慚愧，我實在是沒辦法把這張卡片拿給別人看。」

「為什麼？」

「我就老實告訴你吧！事情是這樣的……」

伯爵猶豫了一會兒，才像下定決心似的重開金口。

「那句『二十三年前的三月三日』，其實有很重要的意義。別人看不出箇中蹊蹺，但看在我眼裡，那每一個字都有如荊棘，一根一根地刺穿了我的心……」

看來我得把不可告人的事都說清楚，否則你只會聽得一頭霧水。那一天，我埋葬了一個女人。說「埋葬」或許不是很準確，其實是因為我有些苦衷，所以就拋棄了她。這件事我直到今天都還懊悔不已，但當時我年輕氣盛，覺得踩著一個女人的屍體前進，根本沒什麼大不了……

簡而言之，當年我這個海原伯爵家的次子，和某個家族不認可的女人一起逃到了神戶成家。兩人一度愛得火熱，但那個女人不知是運氣不好還是遺傳，總之到了神戶之後，她就得了嚴重的歇斯底里症，我完全不知道該怎麼處理。正當我失意困頓、無以為繼時，剛好東京的海原家派人來傳話，說原本要繼承家業的大哥過世了，要我趕快回去接班。當時我已被貧窮壓得喘不過氣，一心只想立刻飛奔回家。可是有親戚長輩和母親大人在，帶著當時同居的那個女人，絕對回不了東京的本家。萬般無奈下，我只好拋棄那個像是發了瘋的女人，從神戶的臨時居所裡永遠地消失了。那一天正好是二十三年前的三月三日。你也知道，我這個人做事很謹慎，從沒把自己的真實身分告訴那個女人，況且她的精神狀態本來就不正常，所以根本沒辦法跑來找我。我不知道後來她怎麼樣了，總之，雖然就只是個女人而已，但隨著年齡漸長，我自責的念頭也愈來愈強烈。二十三年前的三月三日，這一天我想忘也忘不掉。

「您的意思是說，那位女士挖出了伯爵您的真實身分，在事發的二十三年後，策劃了一場報仇大戲，是嗎？」

「除此之外，我想不到別的可能。」

「這種像小說情節的事，在現實生活中真的有可能發生嗎？」

「這可就很難說了，所以我才會想請你來鑑定。總而言之，就是因為有這些苦衷，所以我很難把這張卡片交給警方，向他們說明原委。」

身為極度重視門風的大名華族[3]，伯爵的擔憂也不無道理。

「書生的屍體上有沒有其他異狀？」

「沒有，完全沒有任何異狀，只有屍體的臉色非常紅潤，聽說這就是一氧化碳中毒者的特徵。因為屍體的臉色實在是紅潤得太神奇，所以這一點連我都記得

譯註3　江戶時期具有大名（藩主）身分的人士，到了明治維新以後，這些各地的公卿、諸侯均改稱為「華族」，仍是社會上的權貴。

很清楚。」

「沒看到兇器或其他特殊器具之類的東西嗎？」

「什麼都沒有。」

「有人從外面進屋的跡象呢？」

「這也不可能。當時我就站在庭園的出入口前，至於走廊的那一頭，則有我那個野丫頭姪女瑛子，和一位名叫阿鏡的女僕在說話。窗戶你也看到了，就是那麼高，不可能有人先飛上去再從那裡進來。」

「照這樣看來，如果他真的是被人殺害，那兇手要不是一個在室內絕對看不到的空氣人，就是用某種特殊機關行凶殺人的吧。」

「應該是吧。」

「大川在走進那間書房之前，都沒有任何異狀嗎？」

「沒有。據說他在走進書房之前，還對我那個在走廊上的姪女和女傭說笑，身體方面應該是沒有什麼異狀。」

「其他都沒有什麼不尋常的地方嗎？」

「只有一個。」

「……」

「我記得屍體的左手上拿著一封信，但是後來在一陣兵荒馬亂之中弄丟了，怎麼找都找不到。」

「信？是寄給您的信嗎？還是他自己的信？」

「我記得那是一個廉價的褐色描圖紙信封，應該不是寄給我的信。說不定我姪女會比較清楚。啊！妳來得正巧！」

這時，海原伯爵的姪女——那個名叫瑛子的美麗女孩拿著球拍，和書生一起跑進了涼亭前方的草坪。她看來應該已經有二十歲了吧？長相標緻又開朗，還真是個落落大方的野丫頭。

「怎麼？在叫我？」

伯父一向她招手，她就踏著漂亮的草坪飛奔過來，就像隻小兔子似的。

「哎呀！千種先生，您什麼時候來的？今天不管您有什麼大事，都不准您開溜喔！我要報上次的一箭之仇，讓你大喊饒命。」

素淨的美麗臉龐泛起紅潮，氣喘吁吁地說著話的模樣，簡直就像是在眼前瞬間綻放的櫻花。

「真沒禮貌。也不先打招呼問候客人，一開口就是報仇，太難聽了吧？」

伯爵倒是在奇妙的事情上盯得很緊。

「人家在講網球的事嘛！」

「什麼網球，無聊！」

「伯父大人，您找我有事嗎？」

瑛子俏皮地撇了一下頭，擺出用球拍磨擦臉頰似的動作。她身穿天藍色的毛衣搭配運動鞋，一頭俐落柔軟的短髮，像吸滿了春光的天鵝絨般，美極了。

「瑛子小姐，大川死去當天，手上拿著一封信的事，聽說妳很清楚？」

「喔，原來千種先生是來談這件事的呀。您可是答應過，一旦走進這個家，就不能擺出報社記者那種追新聞、探消息的態度喔！」

「我今天不是來當報社記者，是來當偵探的。能不能再請您仔細描述一下那封信的事？」

「呃，那就向您報告一下吧。」

瑛子突然擺出了一臉嚴肅的表情，並接著說：

「描圖紙做的那個信封上，字的確是由大川自己寫的，我只看到是寫『神田……町……』，其他我就不記得了。信封上好像貼著新郵票，所以信應該是大川寫的，只是還沒寄出去吧。」

「那這封信到底是什麼時候不見的？為什麼會不見？」

「哎唷！你真是個怪偵探欸！要是我知道的話，就不會不見了啊！案發當時，我先去打電話給醫師，等我再跑回書房時，書房就已經擠滿了人，整個屋裡鬧得雞飛狗跳。我記得信件應該在那時候就已經不見了。」

「就這樣嗎？」

「嗯。」

「那沒妳的事了，到一邊去吧。」

「好啦……」

伯爵用下巴示意要瑛子到草坪那邊去，她似乎顯得有點不開心，臭著一張臉轉過身去。

「偵探先生、偵探先生，這裡的事情告一段落之後，您就趕快過來吧！我要用網球好好教訓你。」

「你看看，最近的女孩子還真是不像話。」

伯爵氣呼呼地目送她的背影離開。

第二次預告

「您要說的就是這些了嗎？」

「不，如果只是這些的話，根本沒什麼好大驚小怪。畢竟世界上有很多所謂的『巧合』，說不定我就會認為有個什麼陰錯陽差的話，這種巧合也不見得全無可能。可是，今天我又收到那種預告信了。」

「什麼？」

「你看看這個吧。」

伯爵拿出來的，是和上一封信一樣的西式信封，一樣的粗糙卡片，一樣用郵局的墨水，寫著：

讓你多活了十天，三月十三號可不會饒了你喔！

（二十三年前的女人留）

這次字數稍微多了一點。但顯然殺了大川這個替死鬼，對這位沒有署名的復仇者而言，是很不樂見的結果。

「三月十三號？那不就是……」

「明天。」

「這不能丟，得趕快通知警方，還要馬上做好萬全準備才行。」

「不不不，如果還要把我這件不光彩的陳年舊案公諸於世，那我還不如死了算了。更何況姑且不論這個，近來社會上不是有很多人在譴責我們，還引起了軒然大波嗎？而我還自曝其短，站出來大聲疾呼說要推行『端正善良風俗運動』等等，事到如今，這未免也太尷尬了吧。」

伯爵不禁低下頭，藏起他那張俊秀的臉龐，閉上了眼睛——想必是在回想二十多年前那段放蕩的生活吧。

「那您打算怎麼防範這位奇妙的突襲者呢？」

「我就是要拜託你這件事。我很相信知名大記者千種十次郎的能力，想交給你全權處理。」

「……」

我下意識地咬了一下指甲。

「我就盡力而為吧。不過，我想再請一個幫手過來。這個人叫早坂勇，是我的部屬，目前在第一線跑新聞，是個非常盡忠職守的男人。他的新聞大多不是靠動腦或動筆，是靠雙腳跑出來的，所以他有個逗趣的綽號，叫『飛毛腿阿勇』。這個人絕對不會把您的秘密洩漏出去。」

「那這些事就拜託你安排了。」

「我這就派人去傳話給他。」

左手的疑問

「有何貴幹啊？」

千種派人去傳話後，過了整整兩個小時，「飛毛腿阿勇」來到了伯爵家的會客室。

他這個人身材稍顯魁梧，又老是愛穿寬鬆的衣服，身上總是沒帶幾個錢，不過臉上從來都少不了愉快的微笑。

「怎麼這麼慢？你跑到哪裡去了？」

「上野啊！我去做了皮條客的心理研究，很有意思喔！那可是一種藝術啊！」

「你少耍嘴皮了，還不快問候伯爵！」

「欸，對喔。我是早坂勇。」

「敝姓海原，和千種老弟是老交情了，請多指教。這次說不定要麻煩您處理一件很棘手的事……」

「完全沒問題！愈麻煩的案子才愈有趣……」

「別耍那些無聊的嘴皮了。」

「一點都不無聊。好吧，願聞其詳。是什麼樣的案子？」

我對「飛毛腿阿勇」所做的說明，這裡就不再贅述。伯爵也毫不保留地說明了事情的來龍去脈。

「早坂先生，你說這該怎麼辦才好呢？距離三月十三日，只剩下五、六個小時了。」

早坂像是要阻止伯爵繼續說下去似的回答：

「開什麼玩笑！您大可以不必擔心。愈是不夠機靈的罪犯，才愈會使出這種招術——因為他們不這麼做的話，就嚇唬不了被害人了。」

「早坂，你什麼時候變得這麼聰明啦？」

「聰明是我天生的，平常我只是故意裝瘋賣傻而已。先不說這個了。那個二十三年前被拋棄的女人，如果現在還在世的話，應該是幾歲了？」

「應該是四十五、六歲吧？」

「這位女士有沒有可能扮成傭人什麼的，混進這座宅邸裡？」

「這不可能。」

「那她的親戚朋友呢？」

「也不可能，因為近來我都堅持決不錄用來路不明的人。」

「總之先麻煩您讓我參觀一下書房吧！」

「這邊請。」

在伯爵的帶領下，我們去看了書房——它的確是個小房間，小到讓人不禁訝異「這竟然會是伯爵的書房？」不過有些神經質的人，的確比較偏好雅致的小書房，既然伯爵都說是他的個人喜好，那也沒什麼好多說。不過房裡的擺設倒是很奢華，隨處擺設的多款零碎裝飾，都是只在這個家裡才看得到的高價珍品。

「這些東西都沒短少嗎？」

「沒有短少。」

「現金呢？」

「現金不會放在這個書房裡。」

就在「飛毛腿阿勇」抓了幾個關鍵提問的同時，他的眼睛和手也都沒閒著。

「您說書生過世的時候，是用左手拿著信，對吧？」

「是的，我記得是左手。」

「他不是左撇子嗎？」

「不，他不是。我們這裡左撇子的書生，是剛才在打網球的那位小村；而過世的大川，平常還會嘲諷小村的左撇子。」

「這就怪了！」

「飛毛腿阿勇」一邊瞇著眼睛，到處仔細地盯著看，一邊這麼說道。

「阿勇，有什麼可疑之處嗎？」

「你沒發現嗎？你編報紙是很高明，但玩這種偵探遊戲還真的是差勁透了。你聽好囉！既然不是左撇子，那他什麼時候才會用左手拿信封？快用你那個聰明的腦袋，給我好好想一想吧！」

「寫信封的時候？拆信封的時候？」

「還有一個選項。」

「貼郵票的時候？」

「沒錯，沒錯。接下來就有意思囉！」

「飛毛腿阿勇」還真是大顯身手。

「伯爵，冒昧請問一下，您把郵票放在哪裡？」

「桌子左邊的抽屜裡，有個小小個郵票盒吧？對，你打開那個漆器看看，裡面應該有二、三十張郵票才對。大川死後，這間書房就沒人用了，不過我之前放進去的郵票，應該都還在那裡。」

「沒有喔，伯爵，郵票盒是空的。您是不是記錯了？」

「不可能，我每天都寄信，所以一定會常備二、三十張郵票。況且我記得大川暴斃的那天早上，郵票盒裡還有很多郵票。」

「那麼您會舔過郵票之後再貼嗎？」

「我才不會做那種事。」

「哇！事情真是愈來愈有意思了。伯爵，我想請您聞聞看這個味道。稍後最好請千種先生也聞聞看。是不是有一股杏子的味道？類似巴丹杏或杏仁水[4]，同樣是一股酸酸的味道。」

正如「飛毛腿阿勇」所言，我覺得那個用來放郵票的典雅漆器當中，還真的散發著一股淡淡的杏子香。

「是氫氰酸！」

「沒錯。千種先生，你發現了嗎？雖然我還不知道究竟是誰想取伯爵的性命，但總之這個人就是潛入了伯爵的書房，在郵票盒裡的郵票背面全都塗上了氫氰酸。然而，伯爵並不做『舔郵票背面』這種粗俗的事，所以一直都平安無事。可是那天早上，書生偶然有事走進了這間書房，看到抽屜正好開著，裡面還有個郵票盒。在下人的卑鄙心態作祟下，他決定偷一張郵票——他從懷裡取出昨晚寫好，正要彌封交寄的信件，用左手拿著，再用右手伸進抽屜裡的郵票盒，拿出一張郵票，並舔了舔它的背面，最後貼到信件上。郵票背面塗有劇毒氫氰酸，所以他一轉眼就沒命了。對世上任何一個有血有肉的人來說，沒什麼毒藥會比氫氰酸更可怕。有位法醫學博士曾說，舔氫氰酸就像是在煮沸的鍋爐上澆一盆冷水一樣，命瞬間就沒了。」

「飛毛腿阿勇」的腦筋，未免也太聰明了吧？他的假設實在太出神入化，精彩得彷彿就像他也在現場似的。我和伯爵傾聽著他的假設，聽得一愣一愣的。

「對了，如果把氫氰酸放進嘴裡，流貫全身上下的血紅素（hemoglobin）會丟掉氧或二氧化碳，改與氫氰酸結合，瞬間變成氰化變性血紅素。而且這樣的變化真的是在一瞬間就電光石火地發生，氫氰酸中毒者會變得臉色很紅潤，也是這個緣故。一氧化碳中毒者的血液也是因為失去氧氣或二氧化碳，改由一氧化碳與血紅素結合，所以臉色才會變得異常紅潤。將氫氰酸中毒誤判為一氧化碳中毒並非不可能。要是能更早一點發現，幫屍體做一下化驗應該就能真相大白了。遺體應該已經火化了吧？」

看到伯爵無言地點頭，「飛毛腿阿勇」長嘆了一口氣。

譯註4 將杏仁搗碎搾出油脂後，再用水蒸氣蒸餾後，所製成的一種藥劑，無色透明但有香氣，可用來止咳化痰，但大量服用有礙健康。

「看來是沒辦法了。書生當了伯爵的替死鬼，當時他手上拿的那封信，郵票上還留有氫氰酸。想必犯人混進案發現場的混亂裡，並從屍體手上拿走了那封信，再把它好好地藏在某個地方了吧？既然伯爵沒有舔郵票的習慣，那就沒有必要繼續把塗過氫氰酸的郵票繼續放在郵票盒裡，於是便火速將抽屜裡所有的郵票都拿走，找個能避人耳目的方法把它們燒掉或丟掉了吧。會這麼做也是當然的。」

「這樣看來，想取我性命的人，就在這個家裡囉？」

「很遺憾，除此之外，我想不到別的可能。」

三人在小書房的燈下面面相覷。

「既然如此，那就請您讓我和住在這個家裡的所有人見個面吧！包括您的家人在內，還有在這裡工作的每一個人。」

阿勇對伯爵提出了這樣的要求。

面對面

「您是早坂先生是吧？我是伯爵家的總管，長谷部雄三郎。」

眼前這個剛剪去髮髻、卸下佩刀，模樣非常老派的老人，畢恭畢敬地行了禮之後，便依序把伯爵的家人、家裡的僕傭等，一個一個地叫了進來。老人本身應該和氫氰酸之類的東西無關，所以完全沒有問題。

「呃……這位是主公的姪女，名叫瑛子，年齡……」

「討厭啦，長谷部！沒有人在報年齡的啦！」

板起面孔的瑛子，身上穿著一件如烈燄燃燒般的紅色絲織襯衫。她那藏不住心情的臉上露出了笑，彷彿是在同情老人的不合時宜似的。

「千種先生，為什麼要做這麼愚蠢的事啊？未免太可笑了吧？這位到底是誰？瞪大了眼睛盯著別人看，也太沒禮貌了吧。你朋友？是喔。看起來有點傻傻的，不過倒也有點沒見過世面的可愛之處。你說你叫什麼尊姓大名啊？非沒嘴先生？什麼？你說是飛毛腿阿勇？哈哈哈……因為你的腳很靠得住？是喔？

那你是跑短跑還是中距離？紀錄多少？什麼？你不是跑步選手？是跑新聞？喔……」

一股腦地把想講的話都講完之後，瑛子就匆匆地走出去了。

「這位是鏡照子女士，是我們宅邸裡的家事女傭。她出生於北海道，年齡……啊！剛才說這樣講沒有禮貌。」

這位稍微抬起了頭的女士，明明還很年輕，卻穿著一身很不起眼的西式服裝——不，或許應該稱她為小姐才對。總之她是位文靜寡言、氣質高雅，像夕顏花般散發孤寂氛圍的女性。

她同樣被「飛毛腿阿勇」投以毫不客氣的目光之後，就像隻受了驚嚇的小鳥般逃回去了。

「那個女孩子很可憐。有人向我們介紹，說她沒父母，無依無靠，於是我們便收留了她。兩位也看到了，她做事認真又勤快，所以現在家務事全都交給她，由她負責打點。」

長谷部老先生用自豪的語氣說著這些事，就像在談自己的女兒似的。

「下一位呢？」

「下一組是園丁定公夫婦，住在庭園裡的那棟屋子。」

這對四十歲上下的園藝師夫妻，沒什麼特別值得一提的。

接著還看了兩位書生、五位女傭、司機、助理，當中雖有怪人，但也沒有什麼值得大驚小怪的地方。

最後登場的，是一位年約二十二、三，看來身體相當孱弱的青年。他身穿一件鈷藍色的西裝搭喇叭褲，是長輩看了會很受不了的那種風格。

「接下來是少主敬太郎大人。」

長谷部再怎麼說還是個家臣，所以對少主特別恭敬地鞠躬之後才退下。

「哎呀，失敬失敬。你是什麼來頭？偵探是嗎？什麼？報社記者？喔……是喔？有什麼好玩的事嗎？最近的報紙還真是一點都不有趣啊……」

正當他還想滔滔不絕地說下去時……

「夠了，滾回去！」

他父親——伯爵開口把他趕出去了。

第二個犧牲者

隔天，我和「飛毛腿阿勇」都不忍再看伯爵那麼憂慮、懊惱，所以還是在伯爵家住了下來。所幸目前報社沒什麼事要忙，運氣好的話，這個題材說不定可以寫一篇大新聞。因此我們取得了總編的首肯，暫時只要專心處理這件事就好。

三月十三日，我們就這麼過著熱鬧的日子。伯爵的公子——敬太郎其實是個養子。膝下無子的伯爵，據說本來打算一併收姪女瑛子為養女，但不知為什麼，敬太郎和瑛子就是完全合不來。

但以「玩伴」而言，兩個人都是很了不起的人物。凡是歸類在戶外遊戲的事，瑛子什麼都會；只要是屬於室內遊戲的事，敬太郎都能奉陪。

直到傍晚前，宅邸裡什麼事都沒發生。伯爵從頭到尾都和我們在一起，一整天絕大部分的時間，都在樓下的大客廳裡渡過。

「請各位準備沐浴。」

那天女傭來招呼的時間約莫是四點左右。伯爵勸我和「飛毛腿阿勇」先用，

但我們才一推辭，

「那就容我先失陪了。」

伯爵便威風凜凜地起身，朝浴室走去。

留在原處的，就只剩我、「飛毛腿阿勇」和瑛子。三人忘情地聊了一段時間之後，突然——真的很突然，從浴室方向傳來了一陣非同小可的尖叫聲。

等我們回過神來，連忙衝到現場時，位在廚房正後方的浴室已經擠滿了人。

「快打電話！打給醫師、博士！」

「已經不行了。」

「總之先把他抬到外面去。」

現場一片混亂。

我和「飛毛腿阿勇」心頭一驚，對望一了眼。苦苦守了一整天都沒有斬獲，最後該不會只因為這一丁點的疏忽，就讓伯爵遇害了吧？擠進人堆往裡一看，才發現在浴室裡昏倒的不是伯爵，而是那個總像是對自己的孱弱身體感到很自豪的養子——敬太郎。

從二樓大書房走下來的伯爵，看到這一幕之後，臉色為之一變。

「啊！終於來了嗎……」

這真是一句沉痛的感嘆。伯爵突然衝了過去，抱起了敬太郎，看起來就像是要幫他遮蔽濕淋淋的身體似的。

不久醫師便趕到現場。經醫師診斷後發現，敬太郎的死因是心臟痲痺——如此簡單、毫不奇怪的幾個字，竟然就這樣葬送了一條年輕的生命。伯爵、「飛毛腿阿勇」和我，心裡都還不能接受這個事實。

天才型的殺人手法

「你能不能起來一下？」

「怎麼了？」

「飛毛腿阿勇」面色凝重地站在我的枕邊。

「昨晚我想了一夜，發現一件很嚴重的事。我想趁現在還沒人起床的時候做個實驗，你來陪我一下吧！」

「好啊。」

我倏地起身。從他昨天查案的身手，就知道這個男人腦筋靈光的程度非比尋常，所以一看到他那非同小可的表情，我就連一刻也靜不下來了。

「我們要到浴室去。」

「飛毛腿阿勇」一路拉著我，往昨天發生悲劇的現場前進。

「我說千種老弟啊，你知道觸電而死的人，身體會變成什麼樣子吧？」

「我記得好像是會出現電擊紋還是樹狀雕紋之類的吧？這是從書上看來的，我沒親眼看過。」

這個男人一大早就把別人挖起來問這些怪事……不過看了他那一臉認真的表情，逼得我不得不認真回答他的問題，不敢發脾氣。

「沒錯。高壓電會順著血液和神經的傳導，流到身體各處，因此觸電者的身上會出現如倒插樹枝似的斑紋，所以觸電死亡是最容易辨認的了。那被低壓電電死的呢？」

「我不知道欸。」

「我也不知道，所以昨晚想了一夜，直到今早黎明時才終於想通。你聽好了囉！究竟要用什麼樣的電才能把人電死？這當然會因為個人體質不同而略有差異，不過電壓至少都要達到五百伏特。一般近百伏特的照明用電，或電熱產品用電，是電不死人的。聽說馬只要接觸到五十伏特的電就會被電死，不過那又是另一個話題了。而照明用電或電熱產品用電，真的完全不會電死人嗎？我想了很多，發現的確有一個方法行得通——你聽了可別嚇到，方法就是『趁泡澡時讓人通電』。人站在榻榻米上時，和赤腳踩在泥土地時，電流通過身體的狀態不一樣；穿木屐和穿一雙有打釘的鞋子時，對電的感覺也不一樣。我想這應該大家都知道吧？簡而言之這是因為電流動方式不一樣的緣故。當人全身都浸泡在水裡時，和電流的接觸最全面，電流可充分流貫身體各處，所以便成了最好的導體。這時人的血管、神經就成了保險絲，而心臟就是電燈。你看這個。」

我往「飛毛腿」指的方向看去，發現昨往敬太郎陳屍的浴缸上方，有鍍鎳的水龍頭。水龍頭後方的牆上開了一個小洞，大小恐怕只能供火筷通過。

「這是什麼？」

「這後面緊鄰著廚房，若想通電到水裡，用火筷把電熱器的電接到水龍頭上去就行了。想讓洗澡的人去摸水龍頭，不必刻意開口拜託，只要把洗澡水弄得熱一點，洗的人自然就會把手放到水龍頭上去了。即使只有近百伏特的電流，只要透過全身泡在水裡的人那隻手，把電傳導出去的話，要殺個心臟不好的人，絕非不可能。伯爵那麼胖，很在意自己心臟不好；當了他的替死鬼那個少爺，情況比他更糟，心臟脆弱得簡直就像用玻璃做的一樣。要是他在泡澡時被人通了電，根本撐不了多久吧？要是他的心臟完全正常，一百伏特的電或許還死不了。」

「哇，真的喔？還可以這樣用電取人性命呀？」

「姑且先不論可以或不可以，總之昨天就是三月十三日[5]，而且當時要去洗

譯註5　原文為三月三十日，應是誤植。

澡的，原本應該是伯爵才對。他聽到女傭招呼之後，來到浴室一看，發現少爺已經捷足先登，佔用了浴室，於是伯爵便直接走上二樓的書房去了。可憐的養子，就這麼被電得全身麻痺，當了替死鬼。真沒想到竟然有人能想出這麼可怕的方法……」

我幾乎連一句話都說不出口——「飛毛腿阿勇」的推論，連一點破綻都沒有。水龍頭後面那堵牆上的洞，後面就是廚房的電熱器、長火筷。

「糟了！我們馬上報警。」

「不行啦！既然博士都已經診斷說是心臟麻痺了，而且伯爵堅絕不願公開那份預告的事，把事情鬧大了，一點好處都沒有。更何況被低壓電流電死的人，就算解剖遺體也不見得就一定看得出來，我們還是再稍微靜觀其變吧！下次不管有什麼問題，都不會再放過他了。」

門外突然傳來衣物摩擦的聲音。

我飛奔過去打開拉門，發現有兩、三位女傭強忍著呵欠起床了。

最後預告

當天下午。

我們收到了一封奇妙的信，署名是給我和「飛毛腿阿勇」的。字跡和先前那張卡片一樣，極為潦草。

還想要命的話，就趕快收手。

內容就只有這樣。信封上還蓋著附近某家郵局的郵戳，很顯然就是威脅。「飛毛腿阿勇」不知道在想什麼，竟打算乖乖聽從敵人的命令，老老實實地說要離開這座宅邸。

最感到意外的就是伯爵了。既然如此，伯爵也不方便再挽留他，或者說再怎麼挽留，看來「飛毛腿阿勇」應該是都聽不進去了。我們向伯爵保證，萬一事情出現什麼重大變化，一定會馬上趕到。接著我們兩人就先暫時離開了伯爵宅邸。

「您還是考慮報警吧？」

道別時，我由衷地給了伯爵這個忠告。但這位心高氣傲的貴族，卻怎麼也聽不進去。

「唯有這一點，我不能接受你的忠告。如果我再找你，請你一定要馬上過來。拜託你了！」

伯爵臉上難掩悲痛神情。

而比伯爵更擔心害怕的，是他的姪女瑛子，和家事女傭照子。然而，儘管這兩位美女出面懇求，仍不足以動搖「飛毛腿阿勇」的決心。

之後的七、八個日子，伯爵家雖然籠罩在慌張之中，倒也過得平安無事。我們不時到伯爵家拜訪，打探後續的狀況，但在敬太郎死後，奇妙的怪人不知是否也減輕了攻擊力道，總之暫時沒有任何動靜。

第九天晚上，伯爵家慌張地打了電話過來。電話中沒說有什麼事，只說總之伯爵請兩位火速過來一趟。

我催促看似早已引頸期盼多時的「飛毛腿阿勇」，一同搭乘一圓計程車[6]抵達伯爵家時，已近子夜時分。伯爵親自來到玄關迎接，然後就把我們兩人馬上帶到了二樓的大客廳。我們都還沒坐定，伯爵就先開口說：

「終於還是來了……第三次預告。」

連伯爵的臉色都為之一變。

「什麼？真的嗎？」

「請兩位看看這個。」

我們從伯爵手中接過的，又是每次那種卡片，字跡照例還是很潦草。

三月二十三日就是最後了，這次可不會再放過你囉！

看似刻意拖長的文字，讓人毛骨悚然——它們彷彿正因對方使盡全力的威脅

譯註6 在都會區花一圓就能搭乘的固定費率計程車。

與詛咒，而痛苦地掙扎著。

「前面已經造成了兩人犧牲，或許這次真的要輪到我了。」

就連曾一度被政壇視為怪物的伯爵，也都開始說這種喪氣話，還用無限驚恐的眼神望向四周。

「該是請警方介入的時候了吧？」

「不，那會造成我的困擾。」

至今仍無法動搖伯爵的決心。

「總之我們倆明天就先警戒一天吧！」

「拜訪你們了！除此之外別無他法。」

「伯爵，我還有一點想法，不知您是否願意接受？」

「飛毛腿阿勇」好不容易下定決心似的說。

「請說，我並沒有打算反對的意思。」

「明天一整天，能否請您將所有指揮權都交給我？您的一舉手、一投足，能否全都依照我的指示行動？」

「這點小事不成問題。」

「請您的家人、家僕，也要發誓明天一天絕對要聽我的命令行事。」

「沒問題。」

一個奇妙的約定，竟然就這樣成立了。

殺人魔的真面目

「飛毛腿阿勇」的蠻橫，隨著三月二十三日的黎明到來而揭開了序幕。他是個極為拔扈的一家之主，不只家僕怨聲載道，就連瑛子和照子，也都在吃早餐時，對新主人「飛毛腿阿勇」近乎瘋狂的專斷感到氣惱。

「對方是個很危險的人物，耍一些花拳繡腿絕對贏不了。」

這是「飛毛腿阿勇」的看法。他把包括伯爵家人、家僕全都聚集到樓下的大會客室，並關上了各個出入口，連玄關、廚房後門，還有窗戶也都緊閉。

聚集在會客室的人數共十五人，也就是所有住在這座宅邸裡的人。全員以麵包和罐頭果腹，不准女僕進廚房。除了仔細搜過這十五人的身，確定絕無攜帶凶器、藥品之外，說起來實在有點不衛生——「飛毛腿阿勇」還不准任何人單獨去上廁所，警戒程度之高可見一斑。

「小哥，有必要做到這種地步嗎？」

個性強勢的瑛子率先發難，槓上了「飛毛腿阿勇」。

「為了對抗看不見的敵人。」

「哪有這種敵人啊？」

「書生大川和敬太郎少爺已相繼遇害，今天一天就請小姐多擔待。」

「我才不要呢！把我關在這種像牢房的地方，今天一天都不讓我出去的話，我可是會被關出病來的呀！」

如果是這個女孩子的話，那的確是有可能——我內心不禁一陣莞爾。

「千種先生，你剛才笑了吧？給我記住喔，你也和他是一夥的吧？」

「說不定喔。」

「照子，要他放我們兩個人出去吧？」

這下子又跑去慫恿家事女傭鏡照子。

就這樣，太陽很快就下山了。這天的一桌晚餐非常奇妙，以餐點而言，就只有麵包、熱狗、罐頭、甜點，和展示盤上的水果，僅此而已。

儘管家僕們不敢吭聲，但瑛子的怒氣已是一觸即發。

此時……

「做這些事，到底還有什麼用？」

這場奇妙的晚餐餐桌上，突然響起了如一陣嘲弄般的聲音。這句話有著年輕女子悅耳的抑揚頓挫，但不是瑛子說的。

「什麼看不見的敵人，會因為這點小動作就乖乖退下，不敢出來了嗎？」

這是什麼奇妙的說詞？我聽得毛骨悚然，往聲音傳來的方向一看——沒想到，這些驚人之語，竟是出自手裡拿著展示盤，準備為餐桌旁這些人分水果的家事女傭照子嘴裡。

這個梳著一頭馬尾，身穿黑色系西式服裝的女孩，抬起她那沉鬱的眼睛一望。她那高挺的鼻樑、緊緻的嘴角，散發著異樣的魅力，彷彿能迷倒眾人似的。

「怎麼了？妳在說什麼？」

伯爵錯愕地站了起來。人類如今才看到這頭怪物的真面目，他們所感受到的驚嚇，讓他們臉色藍得鐵青。

「是妳？」

伯爵指著家事女傭的臉，就只吐出了這幾個字。他那伸得直挺挺的手指，害怕地發抖著，接著要說的話，就這麼卡在他的喉嚨裡。

「怎麼？怎麼？你們想做什麼？」

幾個身強體壯的男人，包括書生、司機、園丁等，都因為擔心主人的安危而站了起來，打算在必要時撲到這個纖弱的女人身上，就像隻獵犬一樣。

「請各位稍安勿躁，要是把事情鬧大了，對你們可沒有好處喔。我手上握有一顆全世界威力最強的炸彈，一旦丟出去，可是會一口氣就把各位都炸得粉身碎骨、身首異處喔！你們全都閉上嘴聽我說。」

這些爭相站起來的男人並沒有因此而嚇退，但當下還是不禁倒抽了一口氣，彼此面面相覷。

「伯爵，請您仔細看看我的臉吧！我是不是長得很像二十三年前您拋棄的那個女人呀？媽媽因為被你這傢伙拋棄，有長達十年的時間，都過得像條狗一樣，還生下我這個父不詳的野種。偶爾她精神正常的時候，就會說：『幫我報仇！我的仇人就是伯爵家的二兒子。我不知道他叫什麼名字，他在妳出生之前的那一年，跑回東京去繼承家產了。幫我找出那個男人，把他大卸八塊，讓他嘗嘗女人的怨念到底有多可怕』後來她就像隻野狗似的死了。我被好心人收養，讀了很多書，還在一位科學家的研究室當了好多年的助理。後來我才知道，原來媽媽說的那個仇人就是海原伯爵。於是我在兩年前隱姓埋名，混進了這間宅邸。」

當場眾人都沉默了下來。家事女傭語帶瘋狂的聲音，迴盪在大會客室裡的每個角落。

「我的老師是科學家，他傳授給我很多知識。我把它們一項一項，都放在你這條命上試。氫氰酸和通電，兩次都殺到替死鬼，讓你逃過死劫，今天我可是絕對不會再放過你囉！來吧，伯爵！做好心理準備了吧？詛咒社會、詛咒他人的遺傳壞血，正在我的血脈裡掀起漩渦。像我這種人，是絕不會放人一馬或手下留情的。想和伯爵一起死的，就全都聚集到這裡來啊！」

她那蒼白而憂鬱的臉龐，因亢奮而泛起了些微血色；顫抖的雙唇，猶如掙扎求生的毒蟲；美麗的雙頰，肌肉被拉扯得異常醜陋；眼睛發出刺眼的空洞光芒，猶如魔神像的眼珠。美女變成惡鬼後的表情，竟是如此驚悚，令人不敢直視。

在大會客室裡的這十五個人，驚愕之情簡直無法用筆墨道盡——原來看起來最無害的孤芳美人，只不過是可怕至極的殺人魔，在臉上所戴的一張面具罷了。

飛毛腿阿勇是誰？

「嘩……」

極度惶然與慌亂的人流，在這間會客室裡捲起了漩渦。眾人還在做著徒勞的努力。

「你們逃不了的。那個愚蠢的小哥，應該把各個出入口都鎖上了才對。我看看，就在這裡使出殺手鐗吧！看招吧！」

正當女人罵得起勁之際，「飛毛腿阿勇」竟愣愣地站在她面前。在這一陣混亂之中，只有這個男人不露半點懼色，盯著照子的臉看，甚至還竊竊地笑著。究竟是怎麼回事？

「喂，小姐，妳不妨丟丟看妳說的那個殺手鐧啊！剛好我飯後想來一個，等一下我削好皮吃給妳看！」

「什麼？」

「不必客氣啊！丟丟看嘛！」

「我才不會輕易出手，一旦抛出就能收拾掉你們這二十幾個人。」

照子把手放到展示盤裡的蘋果上，心頭一驚。

「啊！」

「沒了啦，小姐。妳所謂的殺手鐧，就是在用蘋果標本做的紙糊蘋果裡，裝了一個精巧的炸彈，再把它偷藏進那個盤子上的真蘋果裡，對吧？那個東西早就被我拿起來，藏到安全的地方去了。現在盤子上的都是真蘋果，妳別客氣，用力丟丟看啊！小姐，伯爵年輕時做了壞事，這是不爭的事實。他抛棄了妳媽媽這件事，如今說再多都贖不了他的罪。可是，妳也不必這麼苦苦糾纏著要取人性命吧？都已經殺了兩個人，差不多該是要清醒的時候了吧。」

「飛毛腿阿勇」說的話讓眾人聽得入神，一片鴉雀無聲。又或許是因為聽到炸彈被藏起來，放心之後就全身癱軟、動彈不得的緣故。「飛毛腿阿勇」又接著說：

「社會上絕對不會容許妳那些目無法紀的復仇。妳自己成了這些非法復仇手段的犧牲品，必須為這些行為贖罪。警察應該馬上就到了。就是這個！有人從那道門走進來的腳步聲，妳應該也聽到了吧？可憐歸可憐，但還是不能放任像妳這樣的殺人魔在社會上撒野……來了！」

他把手伸到後面去，把門打開之後，衝進來的人並不是警察，而是另一個和站在門邊的「飛毛腿阿勇」長得一模一樣的「飛毛腿阿勇」。

「不好意思，我來晚了。警察應該隨後就會到。」

原本那個「飛毛腿阿勇」看起來年紀稍長，但從服裝、態度到說話口氣，即使把這兩人放在一起看，還是會覺得他們像到令人錯亂。

「那你又是怎麼回事？你是誰啊？」

男人走到這個因為驚訝、害怕和盛怒而全身發抖的女人面前，說：

「妳不認識我啊？我是警視廳的花房一郎啦！」

「啊！」

名警探意外現身，不只照子吃驚，在場的人都嚇得合不攏嘴。

「真可惡。既然如此，就不勞你動手了！」

花房一郎扮的那位「飛毛腿阿勇」還來不及撲上去，女人的手就迅速地往嘴裡一倒。四周散發出了一股杏仁的香氣。

「啊！她竟然還有氰化鉀？」

話還沒說完，殺人魔鏡照子的身體，就如枯木般地倒在地上了。

起初聽伯爵提起這件事情時，我——千種十次郎——就知道這件案子不好處理，但伯爵堅持不肯交給警方接手，於是我只好寫信給私交甚篤的名警探花房一郎，寄到他的秘密住所，請他喬裝成「飛毛腿阿勇」，混入海原伯爵宅邸。

我已為了這個自作主張的安排，而再三向伯爵道歉。不過伯爵後來也了解事態嚴重，反而連聲感謝我所做的處置。

我私下問花房警探是如何揪出真正的殺人魔。他說：

「沒什麼啦！我知道兇手一定是在那個家裡，所以就調查了一下其中最來路不明的女人。我從介紹人開始，一個一個爬梳她的親朋好友，發現她曾在知名科學家手下擔任助理時，就覺得『中了！』氫氰酸的機關和低壓電流的運用，可不是人人都想得到的手法。還有，我們從伯爵府邸暫時撤退的那段時間，我火速去了一趟神戶，把她的底細都摸清楚了。那個女人像是繼承了媽媽可怕的偏執，冥頑不靈，但乍看之下一切正常，毫不古怪。不過那個伯爵也有錯，就想個辦法讓他贖罪嘛！」

不久後，我和兩位「飛毛腿阿勇」，再加上瑛子，偷偷開了一場慰勞餐會。當時的愚蠢和逗趣之處，可就不能在這裡多說了。

跳舞美人像

美人像氣質出衆的臉龐固然嬌美，但一般認爲，它最大的價值，在於它那冶豔至極的奇妙姿態，與它的高雅表情大異其趣。

奇妙的信件

「老大，看來這傢伙被騙了啦！」

「噓！」

關東新報社會線的主管，被譽為知名大記者的千種十次郎，為了提醒他那個很愛用這種粗魯口氣說話的部屬早坂勇——又名飛毛腿阿勇——，用手指了一下從霞門方向通到這裡的小路。

「阿勇，看那邊！」

「是女人！」

「而且是年輕貌美又奢華的女人。」

「原來如此，這傢伙真是太有意思了。」

兩人就這樣交頭接耳地低語，隨即又噤聲。

日比谷公園新音樂堂的後方，看來是個人跡罕至的地方。兩人盯著這個像是被遺忘的長椅似的，已經忍耐了一個多小時。

年輕貌美又奢華的女人，走到了長椅的旁邊。她提心吊膽地環顧四周，一邊像坍塌似地坐了下去。稍遠處的電燈，照亮了她那張蒼白的臉龐。

兩位報社記者不發一語地躲在樹叢裡，並對彼此點點頭。這樣的美豔，絕對錯不了——那是帝都劇場的當紅巨星柳糸子，為了避人耳目而喬裝的身影。

廣場上擠滿了前來賞杜鵑花的遊客。而這裡則是萬籟俱寂，連個人影也沒有。不時會因風吹送而來，聽來宛如陣陣濤聲的，好像是約翰·史特勞斯的華爾茲，旋律溫柔甜美。

吸引千種十次郎到這裡來的奇妙信件，三小時前才剛送到公司。那是一封由澀谷分社寄出的限時掛號信，內容如下：

我來提供一個很棒的新聞素材吧！今晚九點左右，你最好去盯著日比谷公園新音樂堂後面的長椅。不過要是你一現身，鳥可就會飛走囉！

這種寄到報社來的投書，十之八九都很愚蠢。而這封信上的字句，看來一副無所謂的樣子，卻莫名地誘人。於是千種十次郎便催促手邊閒著的飛毛腿阿勇，蹲在公園的暗處盯哨——對千種十次郎這種身分地位的人來說，這可不是件容易的事。

快節奏的生活

美麗的女演員待了近十分鐘，終於……

「呿！」

她嘖舌一聲，起身離開長椅。儘管這位女演員為了刻意低調，穿了一件樸素的和服。但在黑暗中仍藏不住她奢華的習慣——只要她的身體一動，就能看見如彩虹般的寶石，在她全身各處閃爍著耀眼的光芒。這時，有人不知從哪裡衝了出來。

「……」

手裡抓著軟帽，邋遢地單穿一件袷衣的清瘦男子，默默地擋住了女演員的去路。他那一頭如伯勞鳥巢的髮型底下，一雙大得出奇的眼睛，著迷似地盯著美麗女演員的臉看。

「啊！」

女演員退了一步，鎮定心情後，就著遠處的燈光端詳男人的長相，說：

「果然是你呀！你整個感覺都變了，我就覺得不太對勁。但你那樣說，我又不能不過來一趟……」

強勢的女中音，在夜晚的空氣裡嬌豔地傳響。

「還不都是因為妳嗎？我不這樣做，妳就不會和我見面了。」

「你只要能明白這一點，我就謝天謝地了。來吧！懂事的小哥，別搞這些讓人不舒服的把戲，乖乖讓我回去吧。」

「那可不行。」

「那你想怎麼樣？」

「好歹我也是妳的前夫嘛！陪我一、兩小時也不為過吧？」

「恕難奉陪！今晚我邀了好多客人來家裡，沒空陪什麼前夫。畢竟你也知道，我的生活節奏是很快的。」

「妳說什麼？」

「我說我一看到你的臉就痛苦的不得了啦！看你那張臉，長得就像開往橫須賀的電車似的。呵呵呵……」

止不住的嬌笑，衝破了黑暗。

「可惡！妳瞧不起我是吧？」

「哎唷，真抱歉，我可沒那個意思。不過，今晚我真的沒辦法再繼續陪你了，下次吧！無限期延期喔！懂了吧？懂了吧？」

「不行。我這個為妳失去了名聲、財產、面子和自尊的男人，就是為了一吐最後的怨氣，才製造了這個機會。妳身邊的男人一個接著一個換，把我們當庭院裡的石踏板來踩著前進。看了我丹波高一這副落魄至極的模樣，多少總該有點想法吧？」

「還真是可憐你了。我什麼想法都沒有喔！能和柳糸子這樣的女人在一起一年半載，損失個五萬、十萬，根本不算什麼嘛！丹波先生，再見。請別再做這種令人不舒服的事情了，這樣只會讓你愈來愈不討人喜歡喔！呵呵！」

女演員迅速地轉身，想往霞門方向逃去，男人卻猛力抓住了她的衣領。

「怎麼回事……」

「哼，我想到一個好點子。妳儘管大聲叫叫看啊！要是東京的各大小報社，發現帝都劇場的柳糸子，被前夫——落魄到像個乞丐似的丹波高一侵犯，不知道會有多開心呢！」

「畜生！你這個畜生！」

「就算不做到那個地步，這場好戲還是很值得一看。」

「什麼？」

「別怕嘛！我沒說要馬上殺了妳。」

「你到底要我怎麼樣？你快說啊！」

「很簡單，把我精心雕刻的那尊『跳舞美人像』還我。我一對妳心灰意冷，就覺得突然很捨不得那尊雕像。」

「我才不要呢！況且那麼大的東西，哪能帶著到處走啊！」

「不急於現在無妨。今天就先收個抵押，等妳改天送來。」
「我可沒帶什麼抵押品喔！」
「先把那個戒指交給我。」
「你不知道這是……」
「我知道啊！最近迷戀的那個石鄉買給妳的吧？」
「……」
柳糸子默默地拔下了戒指。她那美麗的臉龐上，鮮明地泛起了「要是這樣就解決，那還真是萬幸」的表情。
「還有腰帶？」
「什麼？」
「那也不便宜啊！況且不是我買的嗎？那我拿走也不奇怪吧？」
糸子或許是覺得再爭下去對自己不利，於是便一圈圈地解下了腰帶。
「還有和服。」
「你該不會是打算要要我裸著身子吧？」

聽著丹波高一公事公辦的冷漠字句，身上只繫著一條細腰帶的女演員不禁瑟瑟顫抖。

「妳不也曾讓我一貧如洗嗎？妳家裡還有那麼多東西，我可是失去了一切啊！當紅女演員柳糸子一絲不掛地遊街，一路從這裡走回虎之門，也蠻精彩的吧？」

「什麼？」

「來吧！快脫吧！不願意的話，我可以幫妳；再不服氣的話，儘管去叫警察或看好戲的路人過來啊！」

真是一場可怕的復仇。竟然要當紅女演員一絲不掛，從遊人如織的日比谷公園走到虎之門？這是多麼變態的計劃呀！而且還找了關東新報的兩位記者，來躲在樹叢裡的貴賓席——千種總算明白，一切都是眼前這個男人搞的鬼。

「我不要，我不要，我不要！」

「我叫妳脫，妳就給我脫！非脫不可！」

那雙令人不寒而慄的眼睛，帶著瘋狂的熱切，追逐著美麗女演員的倩影。他手上似乎拿著什麼刀械，萬一女演員堅持不肯，真不知道會發生什麼事。
飛毛腿阿勇也在觀望合適時機，準備衝上前去。沒想到略顯瘋狂的丹波高一狠狠瞪了他一眼，讓原本打算上前趕走攔路搶匪的飛毛腿阿勇，才剛要起步就吃了癟。
「可惡！把柳糸子這樣的女人脫個精光，才是你這個窮酸雕刻家的願望吧？我的模特兒費用可是不便宜的呢！就隨你看個夠吧！」
女人解開了身上的細繩，但還是設法背對著燈光。她一褪下衣領，圓潤的珍珠色肩膀，彷彿就在夜晚的空氣裡散發著幽幽暗香。

操弄報社記者

「阿勇，追那個男的！還有，看到車就先攔，叫司機在霞門外等著！」
「了解！」
阿勇有綽號掛保證的飛毛腿。看他用跑中距離賽跑的方式衝出去之後，千種十次郎來到女演員身邊，說：

「來吧，柳小姐，至少先披上這件衣服，到外面去吧。」

他脫下了自己在斜紋呢布和服上穿的絽織夏季外衣，披在那位氣若游絲的珍珠色女人身上。

「啊！千種先生！」

因為工作關係而和這位知名大記者打過照面的柳糸子，臉上又浮現出一陣新的苦悶。

「我什麼都不知道，就被一封沒署名的信叫到這裡來。不過，那個男人如果以為我們報社記者看到什麼都會寫成報導，那可就大錯特錯了。」

「欸？那今晚的事呢？」

「妳放心，我不會寫出來的。先別說這些，我們趕快送妳回家吧！阿勇應該已經安排計程車到霞門來了。」

「謝謝你，千種先生。真的很謝謝你！」

千種十次郎宛如抱起女演員似的將她扶起，走出公園，果然就看到一輛計程車停在那裡，司機看來一臉就像是在等人。

千種拿出了幾張百圓鈔，設法讓那個看來一臉難以置信的司機守口如瓶。他和身穿絽織外衣的美麗女演員並肩而坐，來到她位在虎之門的住處時，大概是剛過了九點半。

「千種先生，我不希望你就這樣離開。今晚我招待了一些客人，你就當作是臨時佳賓，從玄關直接走進我的住處吧！我會從後門悄悄進去，請女傭拿衣服過來給我，我穿上後再進去。這樣可以吧？不這樣的話，我沒辦法在賓客面前圓謊。剛才我是請了久美子來替我招呼一會兒……但是你想想，是帝都劇場的橘久美子欸！那個人做事少根筋，我實在很不放心。拜託，拜託嘛！」

「……」

即使她一再拜託，千種十次郎還是打算就此告辭。柳糸子很快地就察覺到了他的心思。

「你這麼親切，我想好好答謝你。來嘛！我不希望你回去。」

柳糸子突然伸出柔軟的手臂，拉住了十次郎的身體。

歡樂漩渦

「哎呀！妳是怎麼搞的？」

「丟下客人，自己鬧失蹤，太過份了吧！」

「妳去好久喔！」

「我還想說該不會是連夜跑路了吧？」

滿屋的賓客，圍著柳糸子排成了一個半圓形。這一群總共有六個人，一半是女演員，一半是男賓客，全都是些一臉不曾為錢發愁，也不缺聰明才智的人種。他們應該是看見美麗的女主人回來，跳舞圍成的圈才會突然散開吧？電唱機裡不斷播送的爵士唱片，臉不紅、氣不喘地唱著最低俗、最刺激的歌曲。

「真不好意思喔！不過，我可是經歷了一場精彩的冒險呢！」

「妳做了什麼事？」

「我被人騙到日比谷公園，全身上下被脫得一絲不掛。沒聽過天底下竟然有這種事。」

「哎呀！」

仔細一瞧，糸子曾幾何時已經換了一套衣服——一套像西方人會穿的精美友禪縮緬布單衣。

「不過，我要向各位介紹一位拯救我的勇士。千種十次郎，他是關東新報社的社會線主管。不管是藝人或藝術家，要是不認識他呀，可是會被趕出同業圈子的喔！」

糸子指了指入口的那道門。而背對門站著的，就是身穿和服，與屋裡氣氛很不協調的名記者千種十次郎。他掃視全場，不論是對認識或不認識的人，都稍用眼神行禮示意。接著，話題馬上又回到了柳糸子的攻擊事件上。

「有沒有哪裡受傷？」

名人石鄉捲著他的楔形鬍，威風凜凜地說。他是一位富豪，以「柳糸子的新贊助者」自居。不過，他的談吐用詞目中無人，並不完全只是因為身分的關係。

「受傷倒是沒有，但在公園裡被扒光了衣服，當然會覺得很不甘心。要是早知道會發生這種事，我就帶著它出去了。」

亮的東西。

糸子走到這間廳室的中央處，打開靠窗那張桌子的抽屜，拿出了一個隱約發

仔細一看，藏在她拳頭裡的，是一把細瘦的短槍。

「拿出那種東西來到處亂揮，未免也太危險了吧？」

「沒問題的，別看它這樣，槍裡可是六顆子彈都裝好了。」

「啊？那更糟糕！」

「你們別動喔，目標亂動我會很傷腦筋。」

「開什麼玩笑，把它放下啦！」

在尖叫聲中跳起來的，是租屋住在同棟公寓隔壁戶的篠井智惠子。她也是帝都劇場的當紅明星，美貌不比柳糸子遜色，卻和柳糸子情同姐妹的女演員。

兩人互為競爭對手，感情卻能這麼好。這對帝都劇場而言，也是莫大的福氣。不過，柳糸子是喜劇式的開朗，而篠井智惠子則是悲劇式的陰鬱。儘管同樣美麗動人，個性和角色戲路也不同——或許就是這一點，反而加深了兩人之間的情誼。

在這間約莫十坪的廳室裡，形男靚女尖叫著逃竄了好一會兒。這裡是糸子的客廳兼起居室，一側的隔間門目前雖然緊閉，但可通往篠井智惠子租來的住處；另一側則隔著走廊與女傭房間對望，一側是窗；還有一側有扇通往小寢室的門。

屋裡的擺設也都很有品味，從窗簾、椅子、桌子到水晶吊燈，樣樣都展現了主人的奢華興趣與揮霍無度。建築本身選用鋼筋混凝土結構，和近來的高級公寓同等，因此就算喧譁到深夜，也不太會造成鄰居的困擾。

糸子追著女孩們滿屋跑了好一會兒之後，突然全身往沙發上一癱。

「呼、呼，妳們未免也太膽小了吧？這樣連要從手槍店前面走過都不敢了吧？」

「我們怕的不是手槍，是拿槍的人。因為妳這個人會做出什麼事，實在很難捉摸……」

「妳還真敢講啊，智惠！」

「我不說大家也看得出來，妳今晚實在有點不太對勁呀。」

「或許吧。換成妳被叫到日比谷公園去，還被全身脫個精光試試？任誰都會有點不太對勁吧。」

智惠子也在同一張沙發上坐下，輕輕把自己的手，放在糸子拿手槍的那隻手上——想必她是打算趁糸子不注意時，動手把槍拿過來吧？她們一人身穿華麗的和服，另一人身穿華麗的洋裝。這兩人的模樣完全不協調，但她們所營造出來的氣氛，會讓人覺得就像是在舞台上那樣，洋溢著戲劇性的韻味。

「欸！我就知道妳在動什麼歪腦筋。」

「哇！」

智惠子被短槍抵著，嚇得跳了起來。原本想趁隙搶下手槍的行動，宣告完全失敗。

「智惠，既然大家會怕，那我就這樣吧！」

糸子站了起來，到屋子的一角，也就是書房那張大桌後面，拉開布簾。堆積在沉重織品外的光，瞬間竄了進去之後，於是一個跳著舞的美女——其實是一尊等身大小，巧奪天工的美人像，從簾後現身。

手槍交給美人像

「啊！」

眾人不禁發出了感嘆之聲。柳糸子很用心珍藏一尊美人像的事，在圈子裡很有名，眾人也都聽過傳聞。

它本來就不是擺在一般櫥窗裡的那種人偶。它可是一度蜚聲於世的雕刻家丹波高一精心雕琢出的代表作。丹波高一在這個連斧鑿痕跡都饒富韻味的木雕上，塗上了能彰顯木紋肌理的色彩。看在一般人眼中，這些色彩呈現出了作品的無限美好。

這件作品在三年前的一場展覽當中展出。各方褒貶不一的聲浪，讓它備受世人矚目。當時才剛小有名氣的女演員柳糸子，央求作者丹波高一出讓作品，兩人也因為這樣的緣份才開始同居，是一件很有故事的雕刻品。在藝術圈子裡，則是認為作品題材太現代，似乎顯得有些低俗；而那美麗的淡彩，當時也曾一度成為專家熱烈討論的焦點。

儘管如此，這尊美人像仍然大受一般民眾歡迎。據說在展覽期間，作品前方總是築起一片黑色人山，明信片的銷售額更是創下紀錄。美人像氣質出眾的臉龐固然嬌美，但一般認為，它最大的價值，在於它那冶豔至極的奇妙姿態，與它的高雅表情大異其趣。

「這樣總行了吧？」

糸子站在「跳舞美人像」面前，把手槍放在它的右手上。但呈跳舞姿勢的雕像，手槍無法穩穩地放在它手上。

「小京，給我毫不留情地打那些壞人。」

最後糸子從衣袖裡拿出了手帕，把手槍綁在美人像的手上。小京——這是當時丹波高一和柳糸子，為這尊守護兩人愛巢的「跳舞美人像」所取的名字。

「妳身上積了一些灰塵欸！好可憐喔！」

糸子用衣袖幫它撢去灰塵，還把自己溫暖的臉頰，貼到雕像冰冷的臉龐上。

「哎呀！石鄉先生，你可別嫉妒喔！它雖然栩栩如生，但畢竟還是個女人雕像喔！呵呵呵呵……」

她又再用美人像的另一個臉頰，磨蹭了一下自己的臉。接著便迅雷不及掩耳地轉身。

「好了，我們跳舞，瘋狂地跳吧！」

電唱機又再猙獰地吟唱起狐步舞曲，女傭忙著端出更換的酒杯。

「明天是帝都劇場的首映吧？該慢慢準備散場了吧？」

石鄉不知是在對誰說著這句話。或許他在說的是一句暗號，想表達「只有我留下來，你們都給我滾」吧。

「沒事的啦！不是才剛過十點嗎？十二點前都沒問題喔！」

圍著跳舞的圓圈又開始靈活地轉動了起來。身穿和服的千種十次郎抱著格格不入的心情，盯著這個歡樂的旋渦看。一股彷彿「闖進了不該進的禁苑，看著不該看的妖精亂舞」的異樣自責，讓他覺得喘不過氣。

跳舞的圓圈詭譎卻燦爛地盛開著。在這個充滿酒精的小屋裡，迷醉氣氛正把眼前這六名男女帶往瘋狂的亢奮境界。

「千種先生，」

有人輕輕悄悄地叫了他一聲。千種十次郎回頭一看，發現是一位如開在陰影處的小花般，年輕孤寂的女孩，欲言又止地凝望著十次郎的臉。

「您是哪位？」

「我是柳糸子的妹妹，我叫柳雪子。」

柳糸子有個漂亮的歌手妹妹——這件事十次郎倒也不是沒聽過，只是他沒想到，這個妹妹竟像被遺忘在廳室一角的人偶，沒人搭理。

況且仔細一看，十次郎發現雪子的腳不良於行。腳不良於行的人，置身在大家盡情跳著爵士的環境裡，是多麼可憐的一件事啊！十次郎不禁用同情的眼神，投注在眼前這個女孩寂寞的臉上。

「我有事想向您報告，希望能借重您的智慧。」

看了她那如泣如訴的眼神，逼得十次郎也不得不說：

「我們到走廊去吧！不吹點風，我都快中毒了。」

兩人沿著走廊直走，來到這間公寓的一處小陽台上。

「千種先生，今晚姐姐究竟發生了什麼事？能否請您仔細地告訴我？有件事讓我實在是擔心的不得了。」

雪子如影隨形，寂寞地跟在十次郎身邊。

「怎麼回事？」

「有人想取姐姐的性命。」

「您怎麼知道？」

「您也知道，姐姐她就是那樣的人，所以什麼事都不放在心上，但幾乎每天都有人寄可怕的恐嚇信給她。」

「……」

「還有，姐姐在舞台上時，曾有不該倒下的大道具倒下來；姐姐訂的午餐裡，被人撒了毒藥……恐怖的事接二連三地發生。」

這個很關心姐姐的妹妹，恐怕比當事人糸子自己更花心思煩惱此事吧。說著說著，她那纖瘦的身體竟悲慘地顫抖了起來。

「這件事可不能就這麼放著不管。明天我就去告訴警視廳的花房老弟，請他想想辦法吧！您不必太擔心。」

十次郎明白這句話只是在安慰她，卻還是隨口說了出來——因為雪子實在是顯得相當害怕。

感情裡的戰敗者

「報社的大師，有趣吧？哈哈哈哈哈……」

被人家這麼一說，阿勇不禁呆立在原地——被自己跟蹤的對象搭話，任誰都會感到一陣錯愕。

「別那麼驚訝嘛！我可是專程寄信邀請你，讓你從貴賓席欣賞這麼一齣動作片欸！別跟我客氣，明天報紙就給我來個三排篇幅的報導，拜託你啦！『女演員柳糸子在日比谷公園脫個精光』怎麼樣？這標題很棒吧？給點獨家的酬謝吧？」

把手伸到阿勇面前的，就是落魄至極的雕刻家丹波高一，毋庸置疑。

「說穿了，丈夫脫光老婆的衣服，這可不是偷人啊！我擔心你又驚又怕，到最後說不定會出個大洋相，所以我先提醒你一下，以防萬一。」

「……」

「你應該三不五時也會使出這一招吧？哈哈哈哈，少來少來！什麼？你沒老婆？你這個男人當得還真是丟臉啊！沒老婆的話，找個女服務生或保姆來脫，都很好啊……」

曾幾何時，兩人來到了日比谷的「電車通」這條路上。

「找個地方喝一杯吧！」

這次換成阿勇先發難。

「謝囉！你還真是積極打聽消息，以後一定會高陞。」

飛毛腿阿勇憤恨地嘖了一下舌，但放走這個男人實在太可惜，便把他拉進了最近的一家酒吧裡。

三個多小時後，兩人已經成了肝膽相照的好兄弟。從數寄屋橋到銀座，兩人隨興找了店家就喝，一連喝了五、六家店。他們兩人酒量都好，也很會聊。起初還覺得心不甘情不願的飛毛腿阿勇，曾幾何時已和這個有點髒兮兮的放蕩藝術家互挽著手，哼著歌，醉醺醺地在銀座街頭亂繞。

「嗝……報社的大師，順便告訴你，那個女的真是個惡魔，你也要小心啊！話說柳糸子以前不是那樣的女人，不知何時踏進了那種荒淫的生活，現在已經成為一個無可救藥的妖魔了。數不清有多少男人為了她，身家和名聲全都化為烏有，我也是其中之一啊！你別看我這樣，應該還有人為了她而自殺或被殺，我這只能算是小傷而已。」

荒淫妖魔——柳糸子的罪惡史，就這樣從丹波高一那因為酒精而熊熊燃燒的唇舌間和盤托出。

「好像沒電車可搭了喔，回家吧！」

阿勇在兩人光顧的第七家酒吧，聽說時間已過十二點之際，說出了這句話。

「報社的大師，雖說今天給讓你帶了個極品大獨家回去，而且今晚的酒錢，你一定可以報公帳，不過呢，以我丹波高一的身分地位，要是被人家說我一毛錢都沒出，那可就太沒面子了。喂，老闆，這你就收下吧！」

他「砰」的一聲，把剛才從柳糸子指頭上拔下來的那個鑲鑽戒指，丟在擔心客人過了時間還不走的酒吧老闆面前。

女演員離奇身亡

隔天下午，晚報快截稿時，傳出「女演員柳糸子身亡，死法詭異」的消息。

「阿勇，你快跑一趟看看，能做什麼盡量做，要把驗屍的情況寫進晚報。」

「遵命！」

飛毛腿阿勇隨即飛奔出去，氣勢好像連汽車都可以推得動似的。

千種十次郎自己也想趕赴現場一探究竟，但他還有晚報的工作要處理，實在是分身乏術。平常總編老是叮嚀「所謂的編輯，就是即使窗外有人行兇殺人，也千萬別離開辦公桌，失去冷靜最要不得」。在他面前，十次郎實在無法假裝有事跑出去。

不久，「女演員遭殺害」的相關資訊陸續從各方傳來，包括好幾個社會線通訊社、在地通訊員的電話匯報、特別通訊等管道，千種十次郎必須綜合這些消息，整理出晚報的報導才行。

根據下午兩點——也就是晚報截稿時間前蒐集到的資訊，「女演員柳糸子離奇死亡」的案情大致如下：

昨天晚上，柳糸子的賓客約莫是在十點半左右離開。而一般認為與她有「特殊關係」的石鄉，則是在眾人離去後留下。後來因為某些原因而和糸子發生爭執，不過也在十一點前離開。雖然不知道兩人之間的談話內容為何，但當時還在走廊，等著向姐姐道別的雪子，和租屋住在隔壁戶的女演員篠井智惠子，都證實當時聽到了激烈的爭吵。

當天石鄉和雪子一前一後離開，而住在隔壁的篠井智惠子則是在十一點整關燈就寢。管理員夫妻明確表示，當晚這棟公寓就再也沒有其他訪客進出了。

到了隔天——也就是今天，每天都是十點左右起床的糸子，這天卻到了十一點多都還沒露面。阿直人在對門的女傭房裡待命，最先開始覺得擔心的人就是她。

到了十二點，帝都劇場的人打了電話過來，說有首演日的會議要開，希望請柳糸子在兩點前抵達休息室。阿直想請柳糸子來接電話，但門就是打不開，敲門沒人應，大聲叫喊也沒人回。阿直沒辦法，只好請管理員過來，拿出備用鑰匙來開門。

不僅女傭阿直手邊沒有鑰匙，糸子手上的那副鑰匙，也插在門上的鑰匙孔裡。門看起來當然是糸子動手從裡面鎖上的。管理員的備用鑰匙，平常放在手提保險箱裡，膝下無子的管理員夫婦，睡覺時還會把保險箱放在兩人中間，排成一個「川」字形睡，所以很難想像會有人把它偷去用再還回來。

然而，打開門之後，老管理員和女傭阿直瞬間就嚇得腿軟——因為女主人柳糸子身上穿著昨晚那件華麗的友禪縮緬和服，趴在桌上死了。她背後噴出了可怕的大量血液，沾附在她那條用黃色和銀色拼湊出大片花樣的腰帶上，還流到地板上，在奢華的地毯上留下了恐怕的污點。

主管機關的人員隨即到了現場。經驗屍後，研判傷口是從死者身後用手槍直線射穿所致。儘管子彈卡在死者胸骨處，但本案絕非自殺。不過，現場也完全沒有犯人爬進來過的痕跡。

不僅如此，這發子彈，還是從位在糸子身後兩間[1]距離的那尊「跳舞美人像」手上，那把用手帕綁著的手槍所射出。在這種情況下，除非是美人像自己扣下板機，否則就找不到其他方法可以說得通了。

既然面對走廊那扇門是緊閉的，鑰匙還從屋內插到鑰匙孔裡的話，那就不可能從這扇門走進屋裡。其他還有兩道門，一道是通往臥室，但臥室只有單一出入口，因此這裡不成問題；另一道門則與隔壁篠井智惠子的那一戶相通，但這裡長期都釘住，完全沒有開啟過的痕跡。

地板和天花板的四個角落，都有用鐵網覆蓋的小通風孔。除此之外，屋裡已沒有任何能容老鼠通過的縫隙。臥室和客廳裡的窗戶也都深鎖，每個扣件都確實扣好垂下，因此也不可能從這些窗戶侵入屋內。

編輯台蒐集到的資訊就是這些。十次郎隨手整理了一下報導，再加上一個聳動的標題之後，才放鬆地擦了擦額頭上的汗水。

千種十次郎想起昨晚糸子才說著「給我毫不留情地打那些壞人」，並把手槍交給美人像，還像是要和人像拉近距離似的磨蹭臉頰等嬌媚姿態，便覺得心情陷入了一片憂鬱。

譯註1 「間」為日本傳統度量單位，一「間」為一・八公尺。

「千種先生，電話！」

猛一回神，十次郎才發現助理已拿話筒望著他看。

「哪位？喔，是阿勇啊？怎麼了？什麼！鎖定嫌犯了？是誰？什麼！是石鄉？他為什麼要行兇？什麼？還不知道那麼多？真傻眼。好吧好吧，這些我就先寫進晚報，你就繼續追吧！看情況如何，再把昨晚的那個案子也寫進早報裡。那可是個精彩的獨家。既然糸子死了，應該無所謂了吧？就這樣，靠你囉！」

・・鑽過鑰匙孔的人

「柳糸子離奇死亡事件」實在是很駭人聽聞。儘管報紙上每天沸沸揚揚地大書特書，但就是抓不到兇手，而事件的真相也還無從得知。

石鄉因為身分敏感，因此警方以主動到案說明的形式，對他進行了偵訊，但訊後隨即請回。他和女演員柳糸子最後的確是在爭執，但那只不過是因為糸子對老情人送的美人像，刻意展現出一副奇妙的疼惜之情，讓他覺得莫名吃味罷了。

況且石鄉再怎麼瘦，也不可能穿過鑰匙孔或門縫，進屋殺人。

接著警方應該是根據關東新報的報導──「柳糸子遇害前晚，曾在日比谷公園遭人威脅」一當中找到線索，把丹波高一從廉價旅社裡挖了出來。然而，除了他準備拿鑽石戒指和糸子的和服去典當之外，警方並沒有找到任何與作案有關的證據。況且糸子預害的推測死亡時間──子夜十二點左右，他和飛毛腿阿勇正在銀座附近，一家店接著一家店地喝酒，所以有相當完整的不在場說明。

也有些人提出假設，說在屋外被槍擊中的柳糸子，因為某些重要的原因，不得不忍痛走回屋內──就像在卡斯頓・勒胡（Gaston Leroux）所寫的《黃色房間之謎》（*The Mystery of the Yellow Room*）裡，那起事件的案情一樣。不過，司法解剖的結果，已經證明這件事絕不可能成立。更何況屋外連一滴血都沒流，因此不必等司法解剖，就知道那種偵探小說風格的說詞無法成立了。

「老大，鎖定第三名嫌犯了。」

飛毛腿阿勇回到報社，已經是隔天的事。

「是誰？」

「住在隔壁戶的女演員篠井智惠子。」

「什麼？」

「據說她的嫌疑最大。」

「你該不會是想說智惠子鑽過鑰匙孔，跑去攻擊住在隔壁的柳糸子吧？」

「我沒跟你開玩笑。總之你先聽我說嘛！公寓的窗外有個突出的混凝土小平台，寬約三寸[2]。智惠子就順著這個平台，走到隔壁屋子，後來可能是從某個剛好沒鎖的窗潛進去，殺掉了糸子。」

「那她要從哪裡回去？怎麼回去？」

「從進來的那個窗出去，再循原路走小平台……」

「等等。你該不會想說智惠子逃走之後，是死掉的糸子自己站起來，幫她把窗戶關好，以便湮滅證據吧？」

「真傷腦筋，你先別急著猜，不是你想的那樣。據說窗戶應該是智惠子出去時，從上方用力往下關窗時的震動，讓扣件自己垂了下來。」

「還真有人敢說這麼愚蠢的故事欸！真讓人傻眼。那個扣件應該是最新款的，要用手指轉一圈才會往下垂。我知道你很辛苦，但是智惠子一定很快就會被請回，拜託你再去現場盯著。」

「哎唷喂呀，還真是沒完沒了啊！」

儘管嘴上說不願意，但飛毛腿阿勇還是拿出了他的看家本領——敏捷的行動力，如獵犬般衝了出去。

名警探出馬

過了三個月，這起事件的偵辦進度，已完全走入了死胡同。看來恐怕永遠都揪不出殺害女演員的真兇了。

社會上流傳著這樣的一套說法：想必是因為美人像看不慣那個女人過著荒淫的生活，才會動手殺了她吧？自古以來，曠世鉅作都會有些吉兆異象的嘛！

譯註2 在日本傳統的度量衡單位中，一寸約為三・〇三公分。

而警視廳的花房一郎則是到了溽暑正盛之際，才真正介入這起案件。

會請他來介入調查，是因為糸子的妹妹雪子跑來找千種十次郎哭訴，還說「至少要幫姐姐報仇」。十次郎以往曾因為這個孤單的女孩，而答應要保護她的姐姐，但最後卻沒能履行承諾。於是他立刻動身，去找花房一郎求救。

「這個就傷腦筋了。」

花房一郎顧慮轄區警署的面子，才遲遲不敢採取行動。在十次郎和雪子再三苦勸下，才終於表示：

「那我就先查查看吧。」

之後一連三天，花房一郎就把自己關在糸子遇害的那間屋子裡。有謠傳說「他是想找出日式房屋裡很少見的秘密通道吧？」，還有人說「花房一郎從地板、牆壁到天花板，都以一尺[3]見方為單位，進行地毯式的搜索。」其實這些說法都與事實大相逕庭。關在糸子房間裡的花房一郎，就只是用電唱機聽音樂、看報或抽煙打發時間，一副漫無目的的樣子。到了第四天早上，突然接到電話的雪子和十次郎來到現場。

「今晚請你們開個小型的舞會，成員就是事發當天晚上的那群人，人數也一樣，就是要做和當天一樣的事。從談話內容到喝的飲料，全都要複製當天晚上的情景才行。不管對方有沒有空，就說是為了悼念往生者，請他們務必出席。要是這樣還有人不肯來，那就亮出我的名號無妨。」

花房一郎的腦中，似乎已經有了些什麼了不起的大計。

奇蹟出現

「請各位依案發當天晚上的情況再重新操作一次，不能有任何環節出錯。就像二乘二一定會得四一樣，同樣的原因，必定能累積出相同的結果。」

花房一郎的這一番話，讓在場的人都聽得一陣錯愕——在場的包括案發後風評大受影響的石鄉，還有以「心裡發毛」為由，在案發第三天就從隔壁搬走的女

譯註3　在日本傳統的度量衡單位中，一尺約為三〇・三公分。

演員篠井智惠子，柳糸子的妹妹柳雪子，還有千種十次郎、糸子的女徒弟橘久美子，以及經常在此出入的兩位年輕紳士，他們同時也是糸子的仰慕者。再加上花房一郎，總計有八人到場。

聽了花房一郎的計劃之後，石鄉露出了不以為然的表情，彷彿在說「哼」似的。不過整件事畢竟是由警探主導，因此他很迅速地佯裝沒事，認真地點點頭。

「至於已經過世的糸子小姐，就和帝都劇場的戲碼一樣，改由篠井智惠子小姐來負責；而篠井小姐的部分，就請雪子小姐來代勞。開始吧！」

花房一郎自顧自地打點妥當之後，便急忙播放爵士唱片，並開始不合理地熱烈聊天。但在場眾人的心情，實在無法回到那天晚上的狀態，跳舞不情不願，談話更是無精打彩。一股如守喪夜似的沉重心情，在屋裡逐漸滿溢。

「很好！接下來是千種老弟加入，對吧？阿直小姐，飲料別拿錯了喔！」這還真是一場詭異的現場還原。舞台總監花房一郎越開心，屋裡的氣氛就顯得愈來愈尷尬。

「這時糸子小姐把手槍交到『跳舞美人像』手上，對吧？就由我來代勞吧！」

花房一郎事先備妥了一把看似同款的小型手槍，還用了一條看似特別準備的女用手帕，把手槍牢牢地綁在美人像的右手上。

十一點的鐘聲響起。

「各位，到散會的時間了——不對，各位還不能真的離開。就當作各位已經散會，把門先打開，再關上就好。接下來請各位的屋裡的角落坐下，看看後續的發展。還有，我知道這很辛苦，不過還是要請石鄉先生和糸子小姐的替身——智惠子小姐來爭執一番。石鄉先生，您一開始是怎麼說的呢？」

「……」

這場猴戲未免也太愚蠢了吧？石鄉氣得不發一語。

「沒事沒事，不必勉強一五一十照演。這裡就假裝已經爭執過好了。接下來換我代演石鄉，氣呼呼地走到外面去吧。智惠子小姐就那樣坐在桌前，像糸子小姐那樣稍微往前趴……不能回頭看喔！」

智惠子臉色蒼白，根本沒心情回頭看。要她和已死的糸子用同樣姿勢在桌前坐著，就像是要叫她坐上斷頭台一樣可怕吧。然而，花房一郎卻完全不在意這種事。

「我當石鄉先生的替身，走到屋外去之後，麻煩幫我把門鎖上，鑰匙就直接插在鑰匙孔上……啊！這個任務最適合千種老弟了。」

負責當糸子替身的智惠子坐在桌前，背對著美人像，嚇得全身動彈不得。她的眼睛睜得很大，鐵青的臉龐，竄過一陣可怕的神經性抽搐。

剩下的七人全都聚在屋內一角，注視著從布簾之間露出的些許美人像手部──那裡有一把亮得令人心裡發毛的手槍──，還有智惠子顫抖的模樣。

過了一分鐘、兩分鐘、三分鐘……起初還帶著嘲笑心態的石鄉，如今整張臉都變得非常僵硬。眾人甚至連大氣都不敢喘一下。結果，奇蹟發生了！突然之間……

手槍「呯」的一聲，發出轟天巨響。一道火光從美人像的手裡噴了出來。

「唔嗯」

當槍靶的智惠子，就這麼昏了過去。

打開門鎖，花房一郎和一陣風一起衝進了屋裡。

「果然是美人像開的槍。不過，這次我用的是空包彈，人應該沒受傷才對。」

花房一郎粗枝大葉地走到昏厥的篠井智惠子面前。正當眾人以為是要扶起她來觀察傷勢時，花房一郎竟將手銬「喀啦」一聲，直接銬在失去意識的智惠子手上。

「不好意思，驚動各位了。兇手就是這個女人。各位可以自行離開了。」

花房一郎頻頻鞠躬，拿出如隼鳥般聰慧機靈的一面，簡直就像突然變了一個人似的。剛才他那副傻呼呼的模樣還在被石鄉嘲笑，如今已完全消失不見。

「你怎麼會知道智惠子就是真兇？」

隔天早上，花房一郎在警視廳的記者俱樂部裡，笑嘻嘻地這麼回答我：

「能讓美人像開槍，擊發手上綁的那把手槍的人，除了智惠子以外，就沒有別人了。那天晚上，石鄉離開之後，智惠子就立刻再回到糸子的房間，發現糸子正背對著美人像手上的手槍，把臉埋在桌子上哭。智惠子不經意地發現，美人像的後面，就是和自己住處之間相隔的那道門。儘管這道門深鎖，但她赫然發現：手槍後方約莫一尺處的水平位置上，有一個鑰匙孔。

這對智惠子來說，是個相當可怕的誘惑——因為糸子不僅是她在舞台上的競爭對手，就連長期以來特別關照自己的石鄉，近來也成了糸子的囊中之物。看在智惠子眼裡，儘管表面再怎麼佯裝不以為意，內心可是氣得牙癢癢的。對了，你說手槍為什麼能擊發是嗎？你還搞不懂啊？智惠子用了一條又細又堅固的繩子，一頭在手槍的板機上繞個三、四圈，另一頭則從兩戶之間那扇門上的鑰匙孔穿過，拉到自己的住處去。接著，她擺出一副貓哭耗子的模樣，對哭著的糸子說：『妳這樣不安全，我回去之後，記得一定要把門鎖上喔』之類的話。回到家，她再從鑰匙孔窺看，確認糸子確實鎖上家門，並回到原本的桌子前面坐下後，便猛力拉動那條穿過鑰匙孔，直通鄰戶的繩子，於是手槍就擊發了。而細繩的另一頭並沒有打結綁死，所以便直接被拉到智惠子的屋裡去了。如此一來，現場就連根毛髮大小的蛛絲馬跡都不會留下，還能開槍打死她恨之入骨的那個人——這就是整起事件的案情。我都已經弄清楚了來龍去脈，為什麼還要重現案發當晚的事？因為她這一套犯案手法實在太巧妙，一般女人實在很難想得這麼周到。從邏輯上看來，兇手應該是智惠子沒錯，但萬一出了什麼紕漏，那可就糟了。所以我才會想到來演這麼一齣傻戲，為的就是要完整重現案發當天晚上的事——畢竟再怎麼堅強的兇手，都無法冷靜地重演自己犯下的罪行。我其實是想藉此看看智惠子的心境變化啦！」

花房一郎說完這段話之後，便走出了記者室。

惡魔的真面目

儘管酒井博士剛才下了封口令，但既然已經聽到石井馨之助被毒死的消息，報社記者豈能毫無作爲？千種隨即走向玄關，打了一通電話回報社，向值班同事報告這個大獨家，還要報社盡快派兩個人來支援。

聳動的話題

「別聊那種讓人毛骨悚然的話題啦！對了，聽說東京座上映的那部《一九二九好萊塢滑稽劇》（*The Hollywood Revue of 1929*）很有意思啊？」

一家之主石井馨之助的夫人——濤子拚了命地想改變話題。她年輕貌美又好客海派，至少出入這個宅邸的人士，都覺得她是個很受愛戴的夫人。

然而，即使這位美麗的夫人再有魅力，都改變不了這個晚上的話題。奢侈的宴客香菸，燃起陣陣煙霧氤氳上揚，眾人沉迷在一股奇妙的、邪惡的陶醉之中——男賓客聊著「犯罪」的話題，聊得正起勁。

「哎呀，別這麼說嘛！」

東道主馨之助揮了揮他那圓潤肥胖的手，把美麗的夫人往其他女賓客所在的方向趕，還一邊說道：

「東西會被偷，也是因為自己太大意，不能完全歸咎給偷的人；同樣的道理，我覺得被殺的人啊，坦白說也不是太精明啦！也就是說被殺的人自己太大意，才會讓下手的一方被引誘。不是這樣嗎？哈哈哈哈……」

他向上摸了摸自己那禿得發亮的前額，搖晃著那有如啤酒桶般的肚子，咯咯地笑了。

「不不不，沒那回事。要是您的說法成立，那被殺的人豈不個個都是傻瓜，而慘死在刺客手下的知名政治人物，和市井之中那些因為感情糾紛被殺的花花公子，可就沒什麼兩樣了。」

說這番話的芦名兵三郎，是一位幾乎天天都出入這座宅邸的年輕紳士。他是世族的少東，偌大的宅邸、駭人的貧窮，以及和貧窮一點也不相襯的虛文縟節，成了這位青年肩上的沉重包袱。他那無懈可擊的儀容，和那像是仔細打磨過般的光滑臉龐，帶著一股陰柔，讓人以為是哪裡來的女人似的。他和濤子夫人的交情尤其深厚，據說他表面上總是「太太、太太」地叫，到了背地裡就會沒禮貌地說「濤子姐」，連僕人們都用詭異的眼光看待他。

「我想贊同石井兄的說法。犯罪可不是那麼偶爾才發生的事，謹慎細心地留意，就能防大部分的犯罪於未然。」

醫學博士酒井洪造捻著下巴那叢蓄成楔形的鬍鬚，果然說出了很有學者風範的見解。

「那你怎麼看？沒有什麼有趣的說法嗎？」

「……」

突然被宴席主人馨之助點名詢問，才突然回過神來，倒抽一口氣的，是一位名叫田庄平的青年紳士。

據說他算是主人的外甥，從小就在這座宅邸長大。他不僅身體虛弱，個性也像個不擅交際的書生，連要在人前說話，都會落得慘不忍睹的下場。剛才一路聽了這麼多駭人的話題，他那蒼白高雅的臉龐已顯得非常僵硬，根本不可能能對殺人發表什麼意見。

「這些事我不懂。」

「哈哈哈哈……你是個只懂動物學的人是吧？」

馨之助看到外甥那副困窘不已的表情，被逗樂得笑開了懷。

席上這七、八人來到隔壁廳室，加上對這個話題敬而遠之的幾位女賓客，總共應該有十人吧。石井夫婦好客，促成了這樣的定期晚宴。每次都是先請石井家自豪的廚師大展手藝後，眾人再移駕到家中其他廳室小酌些許洋酒，一邊盡興地高談闊論。

「老爺您還是老樣子，只喝威士忌嗎？」

「聽說有糖尿病的人不適合喝日本酒和紅白酒。我內人比酒井博士這個主治醫生還囉嗦，不准我喝呀！哈哈哈哈哈……」

在這種無聊的小地方被炫耀了一下恩愛，聽得小西這位半老先生有點尷尬，但他還是重整旗鼓，說：

「兩位還真是恩愛啊！」

「哎呀！要是我一不小心準備拿起點心來吃，那可是會鬧得雞飛狗跳的啊！」

「哈哈哈哈哈……這就更有意思了。」

席間賓客的一陣爆笑，彷彿一口氣吹散了剛才那個陰慘的「殺人話題」似的。

「還真是熱鬧啊！是不是在說我的壞話呀？」

濤子夫人打開了隔間門。她那美麗的身影，宛如孔雀般昂然而立。

「妳聽到了呀？」

「噗呵呵呵……」

長者小西自己一個人得意了起來。

「那當然囉！快把剛才那個話題做個結束吧？千種先生，可以麻煩您吧？」

話鋒轉向了知名記者——千種十次郎身上。他從剛才就一直默默坐在角落的安樂椅上，入神地聽著眾人大談「殺人論」。

「我不知道。經手報導那麼多血腥案件，日積月累下來，腦袋反而變得一團亂，根本無心去找出這裡面有什麼公式或哲學了。」

「原來如此。話是這麼說沒錯，可是……」

正當石井馨之助還想把話題再拉回殺人論時，客廳門靜靜地從外面開啟：

「父親大人，時間已經到了。」

門外出現了一張隱隱散發貴族氣質的清秀臉龐。她是馨之助的女兒，名叫美保子，年方十八，是馨之助已故妻子的女兒，和繼母濤子頂多只差個十二、三歲。如果說濤子的美像是盛開的牡丹，那麼她就是個如鴨跖草的花朵般孤寂無依、惹人憐愛的女孩。

「已經這麼晚了嗎？酒井博士還是一樣頑固，堅持要我不論如何都必須十點就寢才行。接下來就由內人來陪伴各位，請各位一如往常地放鬆享受，我先告退了。」

馨之助在女兒美保子的陪伴下，依依不捨地往寢室走去。

眾人看來似乎已經對這種事司空見慣，並未流露出訝異的神情。對於這場以年輕取勝的宴席而言，年邁老爺的存在，恐怕是可有可無的吧？

不過，田庄平那雙追著美保子背影的眼眸裡，燃燒著一股奇妙的熱情——千種十次郎可沒有忽略這一幕。看來那個惹人憐愛的女孩，映在木訥動物學者眼中的身影，絕非毫無意義。

砒霜中毒

其實石井公館的晚宴流程，接下來才要進入重頭戲。男賓和女客之間撤去了藩籬，遊戲和談話都隨著夜色加深而跨越了年齡、時間的隔閡，而有了更多互動。

芳華正盛、洋溢豐腴之美的石井夫人，是這個宴席最合適的女主人。她的話題豐富、大膽，還帶著些許小惡魔似的機智，又美得超凡脫俗，要在一場以閒談和跳舞為主軸的宴席上當個女王，很難找到像她這麼合適的人選。宴席漸趨酒酣耳熱，最盡興的就是芦名兵三郎。他這個人的風格，竟與這膚淺的氣氛意外地相襯。唯有田庄平像隻受到威脅的野兔似的，在角落縮成一團，咬著指甲望著這歡樂的漩渦，露出一副很受打擾似的表情。

到了十一點左右，整場宴席已經進入了高潮，眾人嘩嘩地喧鬧著——就算發生天大的事件，都阻擋不了這股狂喜。

「不、不好了！夫、夫人！」

遠處走廊突然傳來可怕的尖叫聲。歡樂的漩渦戛然而止。眾人的表情瞬間因恐懼而變得僵硬。

「夫人，老爺、出、出事了！」

老爺的貼身女傭推開門衝了進來。

「怎麼了？老爺出了什麼事嗎？」

濤子夫人率先來到走廊，接著酒井博士也跟著跑了出來。

後面男賓女客如雪崩似地想追過來看個究竟，被酒井博士擋在樓梯下方。

「老爺好像是突然身體不適，接下來就先交給我來處理吧。」

男賓女客拖著沉重的腳步，退回原本眾人喧鬧的那間客廳。既然夫人和主治醫師已經接手處理，賓客們當然也不能再勉強些什麼。

三十分鐘過後，半數賓客都已打道回府。千種十次郎也起身過好幾次，但身為報社記者的直覺莫名作動，讓他無法就此離去——因為他總覺得這座宅邸，飄散起了一股有事發生的氣息。

儘管年事已高，內心卻充滿好奇的老者小西，在枯等了好一會兒之後，竟如滑行似地溜出了客廳，過了約莫十分鐘，才又如滑行似地回來。

「我聽說了喔。」

他湊到把自己深埋在安樂椅裡的千種十次郎耳邊，壓低了嘶啞的嗓音，煞有其事地說。

「……」

「聽說老爺自殺了。」

「什麼？」

這番話似乎不只有千種聽見，也傳進了在場所有人的耳裡。眾人不驚發出了一種事態嚴重的驚呼聲。

「聽說酒井博士研判是砒霜中毒。這麼一來，就有他殺的嫌疑了……」

「什、什麼？」

千種像是從椅子上彈起來似的起身。儘管以他的資歷，早就不是去外面跑新聞，查問兇殺案消息的菜鳥記者了，但既然是發生在眼前的事件，他畢竟還寶刀未老，便燃起了強烈的記者魂。

十次郎來到二樓時，主管機關的長官還沒到場。酒井博士儘管震驚，卻早已找回職業上所需的冷靜。他一邊安撫著出奇沉著的濤子夫人，同時也盡力給她最完善的照顧。

「喔！千種老弟啊？沒想到這件事變成你的現成題材了。不過，既然事已至此，你可要手下留情啊！」

酒井博士回頭瞄了一眼之後，當著知名大記者的面，施了這道「封筆」的魔咒。

「寫不寫那是另一個問題，既然有事發生，我就不能裝作不知道。」

「說的也是。反正瞞也沒用，那就讓你看到滿足你的記者魂為止吧！不過你要答應一個條件：要是老爺平安保住一命，你就不把這件事寫在報上。」

「那老爺究竟是怎麼回事？很難想像他會自殺。」

「問題就在這裡！這麼典型的樂天派，怎麼可能會尋死。更何況一個小時前，他明明還那麼有精神。」

「所以呢？」

「我覺得應該是他殺……剛才我一邊急救，一邊觀察了一下四周，發現有個邊桌的抽屜半開著，裡面有個巧克力的盒子……那盒巧克力有一股怪味。」

「……」

「我問過夫人，她就只是一直說不知道。糖尿病患者會很想吃甜食，所以這應該是他瞞著夫人，三不五時拿起來偷嘗一點的私藏吧。今晚老爺進了寢室之後，應該也是馬上就吃了兩、三顆，而其中就有含砒霜的巧克力，所以才會鬧得這麼大吧……」

「會是誰放的？為什麼要做這種事？」

「這個我也不知道。剛才我取得夫人同意打了電話，晚一點主管機關的長官應該會過來調查吧。我只是研判老爺的症狀是砒霜中毒，又看到抽屜裡的巧克力少了三顆，仔細查看過後，發現上層巧克力的包裝紙都重新包過，而且裡面都含有大量的砒霜。至於為什麼會知道是砒霜，這也沒什麼蹊蹺，當手邊沒有檢驗設備時，只要把可疑物品丟進炭火裡燒一燒就行了。有砒霜的話，會散發出大蒜的味道。」

「老爺的情況呢？」

「很差。砒霜大致都已經吐掉了，但他的心臟本來就不好，恐怕……」

酒井博士在千種耳邊輕聲說完後，皺起了眉頭。

美保子的嫌疑

和千種有過幾面之緣的酒井博士，知道千種不是個會隨便亂寫的報社記者，所以才把原委說明得這麼詳細。

床的四周加裝了遮蔽用的簾子，而半生不死的老爺石井馨之助就躺在簾後。從外面一眼就能看到光鮮的夫人、孤寂的女兒美保子，還有一臉錯愕的外甥庄平，盡心盡力地照顧的馨之助。

玄關外不時傳來汽車聲。不久，大陣仗的腳步聲傳來，似乎是咭噔咯噔地踏上了玄關的台階。

「好像是警察來了。千種老弟，你先避一下比較好吧？」

「……」

千種十次郎只能默默地退下。他離開後，緊接著是轄區警署派來的法醫和警察等人，默默地走進了寢室。

「千種先生，怎麼樣？果然是他殺吧？」

長者小西把臉湊了過來。而在他身後，還有芦名兵三郎鐵青著一張臉，神經質地盯著千種看。

「好像是……」

「那作案人呢？」

長者小西年事已高，才會用「作案人」這個老派的字眼。不過由於周遭的氣氛實在太緊張，所以沒人覺得有什麼可笑。

「還不知道。」

「……」

於是眾人又被可怕的沉默主宰。事情發展到這個地步，大家反而覺得有些過意不去，而如今也已無法打道回府或開溜脫身。

接著又過了三十分鐘。

「結果到頭來好像還是回天乏術了。」

「什麼？」

「你們也看到了，他那麼胖，好像是因為心臟麻痺而死的。」

老爺過世的傳言，不知從哪裡傳到了客廳。千種十次郎攔下經過走廊的老管家，一問之下：

「是的，真是太悲慘了。」

看來一臉頑固的老管家話不多，只是不斷地眨著眼。

儘管酒井博士剛才下了封口令，但既然已經聽到石井馨之助被毒死的消息，報社記者豈能毫無作為？千種隨即走向玄關，打了一通電話回報社，向值班同事報告這個大獨家，還要報社盡快派兩個人來支援。

「沒問題！老大你撐著點，我馬上趕過去！」

人稱「飛毛腿阿勇」的早坂勇，發出這聲彷彿要扯破嗓子似的回應，讓千種心裡踏實了不少。

回到客廳，千種發現其他撐著沒離開的賓客，全都聚在一起交頭接耳。

「他女兒很可疑。」

說出這句話的，是芦名兵三郎的聲音。他的確很像個消息靈通的包打聽。

「聽說那盒巧克力啊，是今天上午他女兒去竹屋買來給他的。」

事情的來龍去脈描繪得愈來愈具體。到頭來竟然還有人說：

「聽說他女兒身體不好，平常都會向酒井博士拿砒霜藥丸吃呢！」

千種轉過身去，來到走廊上待著，不再多聽那些可怕的討論。那個宛如月見草般孤寂而清秀的美保子，不管有什麼天大的苦衷，十次郎都不認為她會有弒父的念頭。

「未免也太離譜了吧……」

緊接在這句否定之後，一波波煞有其事的傳言不脛而走，愈來愈具體地傳到客廳來。

就在這時候，有個人影從樓梯上飛奔下來，倏地站在十次郎面前。定睛一看，原來是臉色蒼白、略顯激動，而且還驚慌地發著抖的美保子。

「千種先生，怎麼辦？我好害怕，我好害怕。」

究竟是怎麼回事？她如蠟般的臉頰，因恐懼而抽搐著，唯有雙眼異常地閃耀。這個彷彿所有氣力都已放盡的女孩，緊揪著千種十次郎的胸膛。

「美保子小姐，妳怎麼了？還好嗎？還好嗎？」

「我好害怕，我什麼都不知道。」

父親突然暴斃，無端落在自己頭上的可怕懷疑等事端，讓這個女孩倉皇失措，變得連話都說不清了。

「聽我說，妳先冷靜。再試著把事情描述得更清楚一點，好嗎？」

十次郎把手放在女孩瘦弱的肩上，凝望著她那極其驚恐的雙眼。他從很久以前就認識這個內向、孤寂，但純潔至極的女孩。再怎麼樣，她都不可能殺害自己的父親。美保子從十次郎的眼中，逐漸讀出了他對自己的信任，便說：

「父親大人死了，可是我什麼都不知道。千種先生，我好害怕。」

二樓寢室的門被打開，似乎有人要走下樓來了。

「來吧，我們趕快來聽聽妳想說的話，請妳先冷靜下來再說。」

「不管發生什麼事，請您一定要相信我，千種先生。大家都想把嫌疑套在我身上。」

「怎麼了？」

「萬一我發生了什麼不測，請您通知我姐姐。啊！有人來了！我姐姐在竹屋……當時裝模特……」

美保子的話就只說到這裡。接著就有一位警察，像是拉著她的衣角似地緊追下樓，把手搭到她的肩上。

「好了，請再過來一下，有事要問妳。」

冰冷的、如鋼鐵般的字句才剛說完，美保子的身軀就軟弱無力地往地毯上一癱，宛如凋落的花瓣似地頹坐在地。

「那個人是無罪的！那麼恐怖的事，美保妹根本下不了手。」

拚命把身子擠進警察和美保子之間的，是美保子的遠房表哥田庄平。他那蒼白的臉龐變得相當激動，也不像平時那麼膽小，拚命使出全力推開警察的胸膛。

「喂！你在做什麼！」

警察發出一聲喝斥的同時，健壯的手臂往旁邊一揮，田庄平的身體就像舊衣破布似的飛出去不見蹤影，後來好像撞上了擺在走廊上的櫃子，好一段時間都沒有力氣站起來。

母女深仇

企業家石井馨之助離奇死亡一事，成了關東新報的大獨家，在隔天震撼了整個帝都。石井家千金當場被拘捕帶走的事，在千種十次郎的善意顧慮下，並沒有寫在報紙上，但報導內容暗示親友涉有重嫌，反倒激起了社會大眾的好奇。誇大的傳言，如野火燎原般向四面八方延燒。

就在弔唁賓客陸續到場，時間約莫九點半之際，一輛汽車在玄關前停了下來，接著就有一位打扮異常豔麗的年輕女孩下車。她不假思索，咯噔咯噔踏上玄關前的台階，簡直就像是個回到自己家的人似的。

「啊！小姐！」

正巧出來指引客人的老管家，看到了這個女孩之後，吃驚得差點沒跳起來，凝然呆立在玄關。

「是管家爺爺啊！聽說父親大人過世了，是真的嗎？」

「哪有什麼真不真。小姐，而且還傳出『美保子小姐是作案人』這種要不得的錯誤消息。」

「什、什麼？你是說美保妹嗎？」

「是的，您沒聽錯。」

年輕女孩發現事情不單純，打算直接衝進屋裡。孰料在她面前……

「是誰啊？」

站出來擋在她眼前的，是從今天起成為遺孀的石井夫人——濤子。激動和失眠，讓她顯得有點衝動，但或許是因為「要背負起這個宅邸」的強大意志驅使，所以即使是在深沉的悲傷之中，她仍有一股莫名的威嚴。

「夫人，關子大小姐來了。」

「……」

即使沒有老管家這句打圓場的介紹，濤子夫人也不可能會不知道來者是誰——現在站在她面前的，就是三年前濤子夫人住進這座宅邸時，硬是不肯叫她一聲媽，最後在毫無依靠的情況下，仍憤而出走的倔強繼子。

妹妹美保子的個性內向孤寂，相較之下，姐姐爾子的嬌豔與倔強，都和美保子大不相同。父親馨之助算準了爾子無法投靠親戚，離家當天就會陷入困頓。沒想到爾子自從出走那天起，便深陷在放縱不羈的生活裡。

正因如此，曾幾何時，爾子就像是被斷絕了父女關係似的，和被年輕貌美的妻子迷得神魂顛倒的父親，距離愈來愈遙遠。妹妹美保子做了很多努力，想幫姐姐和父母親融冰，但只要姐姐本人沒有意願，美保子再怎麼擔心，也想不到方法喚回姐姐。

因為這些緣故，嬌豔、健康，但個性好強，稍帶一點浪蕩性格的爾子，用社會上一般的標準來看，生活已經陷入了不知該說危險或該說什麼的狀態。有謠傳說她起初先是當了女記者，後來又當了女演員，最近竟然還到了百貨公司，當那種把肉體坦露在萬人面前的時裝模特兒。

一襲黃色洋裝搭配奇妙的妝容——這位模特兒的模樣，看起來就像埃及傳說故事裡的女王般，妖豔動人。

「是哪裡吹來的寒酸風啊？看看妳那副丟臉的模樣，不准進去。」

「……」

「妳會讓妳過世的父親蒙羞。」

「……」

「我可沒有什麼在當時裝模特兒的女兒，請回吧！」

「……」

「快滾！」

聽著繼母吐出一句句刻薄的重話，關子呆立在原地，一動也不動。她的臉在白粉覆蓋下，仍看得出已變得一片蒼白；動人的嘴角，微微地顫抖著。

「我只是想見父親大人一眼，這樣都不行嗎？」

「快滾！」

大滴的淚珠，撲簌簌地從關子的雙眼滾落下來。然而，她還是轉身背對任性的繼母，如旋風般不發一語地衝出屋外。

看到這一幕之後，或許是因為繃緊的神經瞬間放鬆的關係，濤子踉蹌地往後退了幾步，單手扶在玄關的牆上。她那明媚的眼眸因為盛怒而燃燒，變得如夏日豔陽般乾涸。

「阿勇，你快去跟蹤那個女孩子。」

「遵命！」

千種十次郎躲在暗處看到了這一幕之後，便回頭對前來幫忙的飛毛腿阿勇交待了這句話。

模特兒登場

美保子在案發第三天獲釋。起初各界認為她涉有重嫌，除了關東新報以外的各大報，報導時都把美保子當真凶來描述，筆調相當一致。千種十次郎設法說服了焦急的總編，直到最後都沒有寫出懷疑美保子清白的報導。

名警探花房一郎參與這起案件的偵查後，美保子身上的嫌疑，就如一層層剝去薄紙似的，很快就沒了。她的確買了巧克力給爸爸，她服用含砒霜成分的藥丸補身也是事實，不過，她所服用的藥丸，砒霜含量相當低；況且酒井博士開給她的兩百顆藥丸，總共也只剩下十顆左右。而毒殺她爸爸的巧克力，目前已知砒霜含量相當高。

這一番簡單的計算，徹底洗刷了美保子的罪嫌。第三天就能回家，連繼母濤子都很為她高興。不過，最開心的，莫過於她的表哥田庄平了。他看到美保子平安歸來，顯得很坐立難安，不論是工作或其他事，他幾乎都無心處理。

既然這個案子的兇手不是美保子，那麼案情就陷入了膠著狀態。據說花房一郎曾調查過高劑量砒霜混入巧克力的途徑，可惜這也沒那麼容易破解。

就在喪禮的各項事宜都告一段落，石井家也總算要恢復平靜之際，疏遠了好一段時間的芦名兵三郎，又頻頻上門來拜訪石井家的遺孀濤子了。不過，這倒也沒什麼可疑的地方。

「那個叫芦名的男人，好像對園藝很有興趣是吧？」

花房一郎不經意的向十次郎問起了這件事。

「他本人是這麼說的啊！那個男人雖然現在很窮，但聽說上一輩很富裕，光是自家宅邸就佔地好幾萬坪——只不過現在都拿去貸款好幾胎了——據說他利用宅邸裡的庭園，大張旗鼓地搞了很多園藝，他本人好像也很愛拿這件事來炫耀。」

「俗稱砒霜的亞砷酸、氫氰酸和菸鹼等，都是園藝師用來驅除害蟲的素材吧？」

「什麼？」

花房一郎這驚人的靈機一動，是否為芦名兵三郎抹上了些許嫌疑？

「況且約莫半年前，曾有個名叫芦名的男子，採購了大量的亞砷酸——不過這只是個聽來的小道消息，是我去調查藥材行之後發現的，僅此而已。你可別漏了口風。」

報社記者和刑警常會在消息上互通有無。不過，名警探花房一郎和名記者千種十次郎的交情，可沒那麼膚淺。他們之間的友誼，早就昇華到了無關利害的境界。彼此信任的結果，才能讓他們如此坦誠地深談。

然而，花房一郎卻遲遲沒有要逮捕芦名兵三郎的跡象。不僅如此，過了兩、三天之後，花房一郎還和芦名有說有笑，好像完全忘了這件事似的。像花房一郎這樣的人，竟然會和吊兒郎當的芦名變得那麼熟——千種十次郎不知為此蹙眉長歎了多少次。

就在這時，這起事件又牽扯出了新的案外案：前幾天被濤子羞辱了一番，最後連亡父最後一面都沒見到的關子，所幸並未被廢嫡，也沒辦理過其他相關手續，在法律上仍是石井馨之助的長女。傳出她打算設法對繼母濤子提起交付遺贈的訴訟。

消息一傳開，社會大眾就開始抱著看戲心態，加油添醋地談論此事，再加上風波主角關子在竹屋百貨公司當時裝模特兒的消息曝光後，更是不得了。附照片的報導一見報，竹屋百貨裡被愛湊熱鬧的顧客擠得水洩不通。而在五樓的「結婚用品展示區」，則有身穿白色綾羅綢衫，模樣聖潔嬌媚的關子，以西式新娘禮服造型站在眾人面前。每天她面前都會擠滿一片黑鴉鴉的人山人海，熱鬧非凡。

這樣的盛況連闞子也大感意外，還說想辭去模特兒的工作。看到店裡如此門庭若市，竹屋百貨的總經理春風得意到了極點，連忙祭出「合約期限」來當擋箭牌，堅持不肯放人。但薪資方面則可依闞子期望，大幅調升。

第二個犧牲者

「那個女孩子就是闞子啦。」

「原來如此，好嬌羞啊。」

「她就是被殺那個石井馨之助的女兒啦！」

「唔——」

「喂！前面的，帽子拿掉啦！」

「後面的朝聖不到了啦！」

這樣的喧鬧紛擾，在模特兒出場時段會一再上演。

身穿白色綾羅絹衫的關子，每天上、下午各有一小時的時間，要在擺滿一整面極盡奢華的婚禮用品的展示區裡，像個假人似地站著。由於她實在太受歡迎，竹屋擔心顧客跌倒會引發群眾人踩人，便將滿場的婚禮用品展示往前移，後方加裝一個高出一階的台座，於是關子就這樣，背後緊貼著分隔用的白色布幔，站在原地。

西式的典雅妝容，搭配一身純白的服裝——關子的新娘裝扮如出水芙蓉，風華絕代。她的臉龐清瘦，但身材豐腴；充滿夢想的眼眸向下望，豔紅嘴唇如貝殼輕閉，隱隱透露些許微笑；再加上只用少許絹衫遮掩珍珠色肌膚的萬千風情，就算完全不考慮石井馨之助遭毒殺的事件，也能把全帝都的民眾都迷得神魂顛倒吧？

「這傢伙實在太迷人了。」

「怎麼回事？」

「啊！」

一身新娘造型的關子，眼前是大批喧鬧的群眾。不知為何，關子突然踉蹌地往前跨了一步。

「呃！」

闕子發出了這一聲之後，嬌媚的臉龐便因痛苦而扭曲，瞬間變成如藍彩般的鐵青色。隨後，她就像一朵白百合似的癱倒，身後如花朵突然盛開似的流出了一攤血。鮮血一點一點地染紅了服裝、布幔，接著又弄濕了地板。而倒臥在這攤血泊裡的身軀，因為最後的一陣痛苦而蠕動著。

滿坑滿谷的群眾，當下先是一片鴉雀無聲——因為眼前目睹的這一幕實在太震撼，讓他們瞬間連說話、動作都忘了。過了兩、三秒，驚天動地的兵荒馬亂與尖叫吶喊，讓整場幾乎爆滿的群眾瞬間亂成一團。

「哇——」

「哇——」

低沉滯悶的聲音此起彼落，混雜在可怕的尖叫聲中，持續了好一段時間。

刑警先到場，接著醫師也來了。他們把現場群眾趕出去，並照顧受傷的模特兒，已經是案發十分鐘之後的事了。傷口是兇手用尖銳物品穿過布幕，從闕子的正後方朝心臟猛刺一下所致，已回天乏術。又過了一個小時後，才等到主管機關的人員抵達現場，開始進行相關調查。

竹屋百貨在婚禮用品展示區後方拉起布幔，隔出了一條臨時走道，所以無從得知當時有誰經過。而模特兒亮相時，大家都跑到舞台前方爭睹，布幔後方空無一人，所以沒人看到究竟是誰下的毒手。總而言之，雖然關子當時是僅穿一件綾羅薄衫的新娘打扮，但要隔著布幔猛力一刺，技巧必須相當高超才行。

用來行凶的工具，是外國製的尖銳短刀。根據鑑識專家的說法，它應該是科西嘉島（Corsica）一帶製造的產品。

「一定是和石井家有關的人。」

當時正是「交付遺贈訴訟」的小道消息剛傳開的時候，因此社會上馬上就有人這麼說。既然社會大眾都想到了，有關單位當然也朝這個方向進行了各項調查，結果還是一無所獲。

所有人都一致認為：這次的凶手，和毒死石井馨之助的是同一人。然而最根本的問題，就是不知道究竟誰殺了石井馨之助，所以這個案子也到了瓶頸。

警網恢恢

「那把短刀是芦名兵三郎的。」

「是遺孀濤子唆使芦名犯案的。」

警方收到好幾封這樣的投書，每封筆跡都不一樣。於是警方不待一封封檢視內容，就在當天請往年曾滯歐旅遊多日，從南法一路玩到義大利的芦名兵三郎到案說明，對他進行了一番嚴厲的偵訊。

「這把短刀是你的嗎？」

「是，是我的沒錯。」

「你怎麼知道？同樣的短刀應該很多吧？」

「這是我在科西嘉島的名產店買的，市面上恐怕找不到幾把同樣的。而且在象牙握把上刻有我姓名縮寫的，就只有這一把。」

帶血的短刀就在眼前，芦名兵三郎竟還能泰然自若地說出這些話。

「那為什麼會出現在那種地方？」

「這我就不知道了。我這把短刀早在一個月前就被偷了。」

「真的嗎？有誰可以作證嗎？」

「很抱歉，沒人能幫我作證。一點小東西而已，所以我既沒報案，也沒有告訴別人。」

照這樣看來，芦名兵三郎涉案的嫌疑是愈來愈大了。他本人也意識到了這一點，但似乎也無計可施。

「案發當天，石井關子遇害時——正好是下午兩點到三點之間，你人在哪裡？」

「在銀座散步。」

「沒和別人見面嗎？」

「我不記得有和別人見面。」

真靠不住。再這樣下去，就等於是沒有不在場證明了。

芦名兵三郎就這麼被拘留了。

另一方面，花房一郎先是針對關子遇刺的現場做了一番調查之後，就直接來到石井家。他因為想盡情地調查，便開口說自己可能會在這裡留宿一段時間。遺孀濤子沒有理由拒絕，只好說：

「歡迎，請隨意。」

儘管答應了這個要求，但濤子總覺得有什麼不對勁，鮮少和花房一郎交談。而花房一郎對美保子有恩，所以對美保子殷勤照顧，總在擔心著她心情好壞的田庄平也投其所好，在各方面對花房一郎表示善意。

過了兩、三天之後，某天下午，千種十次郎來到石井家拜訪，發現花房一郎在宅邸外繞來繞去，調查著房子的基座、窗戶和牆垣等。

「那個人啊，好像覺得壞人是從外面進來，在巧克力裡下毒的。」

美麗的濤子夫人說這段話時，語氣中透露出很強的敵意。她一邊說，一邊指著窗外那個正在找尋牆上坑洞、動作笨拙的花房一郎。

「那個男人很聰明，一定很快就能揪出兇手的。」

「所以他那副裝傻的樣子才特別討人厭。既然懷疑我，又不敢講清楚我哪裡可疑。拿出男子氣概，來查我房間或查我身體都可以啊。」

夫人那雙漂亮的眉毛，嗆辣而神經質地皺了一下。對這位嬌美的遺孀而言，「花房一郎懷疑自己」這件事，讓她不舒服到了極點。

約莫十分鐘之後，千種總算逃脫夫人那迷人的魅力和暴躁，飛也似地跑出屋子。

「喂喂喂，夫人的心情很差喔！」

千種穿過院子，走近花房警探身邊。在這個偌大的院子裡，走到這一帶，就不必擔心會被任何人看見了。

「別理她、別理她，以後她就會懂了。」

「有查到誰是兇手了嗎？」

「不，完全沒有。」

花房一郎怡然自得、悠悠哉哉地抬起頭，仰望著秋天的天空，並接著繼續說：

「不過可以確定的是，兇手並不是芦名兵三郎。」

「什麼？這是真的嗎？」

「真的啊。如果芦名是兇手，他就不會為了陷害自己而留下那麼多證據，用砒霜那麼蠢的毒藥，用自己的短刀殺人，還把它留在現場，甚至連幫自己製造個簡單的不在場證明都沒有。」

「……」

「所以今天早上我去幫他作證，警方已經把他放了。」

「那你之後打算怎麼辦？」

「我正在織網，織一張很大很大的網。我走過的這些地方，都會連成一張下過咒的網啊！你看不出來嗎？哈哈哈哈哈……」

「……」

千種完全聽不懂他想說什麼，只能愣在原地，望著花房的臉。

「這個消息我只先偷偷告訴你……你想辦法找個藉口，今晚留在老管家的房間住一晚，就看得到精彩好戲了。」

「會抓到兇手嗎？」

「算是吧！但你千萬別告訴任何人。對夫人、美保子小姐和庄平都要保密，誰都不能說。」

「……」

千種十次郎心中充滿了期待。

「聽懂了嗎？你要先說聲再見，離開這裡，然後再偷偷地從這個洞進來。」

花房一郎用腳尖指了一下樹籬笆上的洞。

「那你呢？」

「我也要先暫時離開。花房一郎老是待在這個宅邸裡，魚是不會上鉤的。」

花房一郎說完這句話之後，便頭也不回的走了。

他應該是想找找樹籬笆上究竟有幾個洞吧。

惡魔現身

這天晚上，約莫兩點時，宅邸裡傳來令人毛骨聳然的聲響。在老管家房裡屏息守候的千種立刻衝到走廊上，三步併兩步地飛奔上樓。

「這裡這裡，千種老弟。」

沒想到花房一郎的聲音，竟是從美保子的房間傳來。千種和手電筒的光一起衝了進去，發現花房一郎似乎正把某人壓制在地板上。

「看吧！他就是兇手，你快看看這個惡魔的真面目！」

被壓倒在地的殺人魔，相貌總算在手電筒的燈下曝了光。

「啊！是田……」

花房膝下壓制住的人，正因為醜陋的憤怒與失望而顯得相當激動——這副長相，的確是那個既膽小又內向，體弱多病的田庄平沒錯。但從他臉上，絲毫看不到平時那個略帶溫柔的憂鬱神情。正如花房一郎所言，這才是惡魔的真面目。

「這條可怕的魚，總算上鉤了啊！」

遺孀、老管家和美保子，似乎都發現家裡出事而趕了過來，聚集在走廊上，一邊發抖，一邊窺探著房裡的狀況。

「沒事了。」

花房一郎把庄平五花大綁，拍拍身上的灰塵。接著便打開電燈，招手請走廊上的人進來，一邊說道：

「這傢伙還真是個惡魔！偏偏他的腦筋又聰明得很，連我也差點中了他的招。各位，請看看這個。」

花房一郎說自己本來躺在美保子的床上。他走到床邊，拿開枕頭，掀開白色床單之後，底下有人拉了一條長長的紫灰色蠶絲繩，位置剛好就在頸部附近。

花房一郎湊到那條繩子旁邊，拿起繩的一頭拉扯了一下——原來繩子的另一頭，牢牢地綁在床另一側的鐵棒上。

「今天下午，我偶然發現這個機關，便急忙請小姐把這間寢室讓出來，由我來當替身睡在這裡。果然兩點一過，這傢伙馬上就悄悄溜進來，在一片闃黑當中找出了繩子的一頭，準備繞過我的脖子，再穿過那一頭的鐵棒，用力拉緊。我早就料到他會這麼做，馬上脖子一縮，把這傢伙壓倒在地。當時還真的是千鈞一髮。要是小姐躺在這裡的話，恐怕撐不了多久吧。各位也看到了，這根繩子又細又堅固，還有六尺長，只要先把一頭綁在床邊的鐵棒上，就能趁人熟睡時動手腳。這還真的是很膽小、冷血的壞人，才想得出這麼高明的作案手法吧？」

「……」

聽完花房一郎的說明後，因為實在太過駭人聽聞，美保子一個踉蹌，差點沒昏倒在繼母的懷裡。

「小姐，沒事了，這樣所有的問題就都解決了。對了，太太，這些繩子是誰的？」

「啊！那是我的。」

美麗的遺孀懷裡抱著美保子，自己也當場一陣癱軟，差點昏倒。

這次輪到千種十次郎必須衝過去扶住她才行。

「我想也是。太太，您知道嗎？您差點就要背上謀殺繼子的嫌疑了。看過這麼多類型的壞人，但像田庄平這麼細膩又冷血的，我也還是第一次碰到。他真的是個天才型的壞人，頭腦非常聰明。從這一點來看，他應該算是一種心理變態吧。」

遺孀濤子和美保子還在連聲道謝，花房一郎和千種便轉身離開，循著黎明的街道奔向丸之內。

途中，花房一郎又為千種十次郎做了這一番說明：

「砒霜從哪裡來？這一點也不複雜。田庄平的興趣是動物學，三不五時就會做些動物標本，所以請研究所幫他準備了大量的砒霜。比起這個，我更訝異他竟會想到把嫌疑轉到美保子身上的手法，和利用石井馨之助患有糖尿病的這些小聰明。他先前表現出一副暗戀美保子的樣子，也都是裝出來的。那種男人心裡哪有什麼真正的愛。還有，告訴芦名砒霜能除蟲，慫恿他去買砒霜的人，和偷短刀來刺殺關子的人，也都是田庄平。毫無解剖學知識的人，根本不可能在隔著布幔的情況下，還那麼精準地刺中別人的心臟。總之他的詭計，就是先殺了石井馨之助，再取兩個女兒的性命，然後嫁禍給芦名和石井的遺孀。殺人動機？這還用說嗎？當然是石井馨之助龐大的財產啊！只要這幾個人都死了，外甥田庄平就會成為法定繼承人。多虧發生了這件事，以後那個遺孀應該會洗心革面，好好照顧美保子吧。」

這時，兩人搭的車已經抵達了丸之內。

流行作家之死

警方推斷小栗桂三郎的死亡時間是十點到十點三十分之間，而關東新報接到電話的時間是十一點半，早坂勇抵達小栗府邸的時間是十二點——這個時間的誤差，不會超過五分鐘。

「阿勇，電話！」
社會線主管千種十次郎大吼著。
「喔，我馬上過去！反正是在地通訊員打來的吧？」
「不是，不是那一類的。對方指名道姓說要找早坂勇。」
「月付分期的服裝店也不會這麼晚才打來啊。」
阿勇嘴裡說著幾句廢話，一邊離開暖爐旁的位置，在主管那張旋轉椅的扶手上坐下——這是只在報社編輯部才能容許的不禮貌動作。他從千種十次郎手上，把話筒拿到自己耳邊。
「我是早坂，請問您有什麼事？什麼？什麼？小說家小栗桂三郎自殺了？什麼時候的事？今晚？真的嗎？你是哪位？什麼？是誰都無所謂？很有所謂啊！什麼？這是個大獨家，要給你記一筆大功？很感謝你提供消息，但不知道你叫什麼名字，這樣我會很傷腦筋欸……啊？等等，你別掛斷！別掛……啊，結果他還是掛斷了。」
飛毛腿阿勇放下話筒時的表情，因為緊張而顯得閃閃發光，就像隻發現獵物的獵犬似的。

「阿勇，小栗桂三郎自殺了？真的還假的啊？」

千種十次郎把臉湊了過來，就像是得了新聞過敏症似的。

「你都聽到了，也沒有什麼真的假的，我本來還想再多了解一下，就突然被掛電話了。」

「真奇怪……他用的好像是公共電話喔！」

「是嗎？」

「而且對方的聲音聽起來很像小孩吧？真是奇妙。」

「老大，你覺得哪裡奇怪？」

社會線主管和小記者的隔閡，絲毫不足以用來在好朋友之間分階級。千種十次郎和飛毛腿阿勇之間，就是這種說起話來「稱兄道弟」的關係。這也是報社裡一種很有意思的氛圍。

「你不覺得嗎？小栗桂三郎可是有名的富豪，家裡應該有很豪華的電話才對。他自殺的消息，竟然要在這樣的三更半夜裡，用街邊的電話通知報社，豈不是很詭異嗎？」

「嗯。」

「還有一點，你也知道，我和小栗是從大學時代就認識的老朋友，交情應該算是相當深厚。如果他有什麼變化，照理說也應該先通知我才對吧？」

「或許話是這麼說沒錯，總之這可是一條大獨家，要不要先放在本地版的最上面？」

飛毛腿阿勇已經心癢難耐。

「我了解你的心情，但我就是覺得有些地方不對勁。抱歉，你幫我打個電話看看。」

「打給誰？」

「打到小栗家去問問。我趁這個空檔先想個標題寫上去，傳給印刷廠備用。」

「原來如此，我明白了。」

阿勇聽令之後，馬上開始動手打起了電話。報社編輯部深夜那股獨特的緊張，主宰了四周的氣氛。電話的鈴聲，鉛筆在新聞紙製成的原稿稿紙上龍飛鳳舞的聲音，校稿時讀出文章的朗讀聲……搭配著漸漸活絡起來的工廠雜音當背景，醞釀出了一種異樣的節奏感。

「喂，您好，請問是小栗公館嗎？我這裡是關東新報，府上小栗先生是不是出了什麼事？截稿時間快到了，所以我不需要知道細節，總之我想先確認一下，之後再請教詳情。欸？你說什麼？他什麼事都沒有，在別邸睡覺？真、真的嗎？」

「阿勇，你先別掛，那通電話轉給我一下。啊，是我，知道我是誰嗎？我是關東新報的千種十次郎。其實我們剛才接到電話，說剛才小栗自殺了。您是管家江藤叔對吧？真奇怪……說是有工作要處理，傍晚就進到別邸沒出來過了？燈還點著嗎？點著。所以要是小栗真的死了，您一定會知道，對吧？真奇怪……如果是打電話來惡作劇的，專程挑這種深夜時間打來，未免也太用心了吧？能不能請您去看看小栗的房間？電話呀？……您就這樣放著，我在線上等。」

一股恐怖的懷疑，在千種十次郎的臉上如雲霧般若隱若現地飄著。他一邊望著只寫了「小說家小栗桂三郎自殺」這個標題的稿子，和從印刷廠跑來催促最後一批稿子的主管表情，一邊想著年邁的江藤，要從玄關旁的房間走到別邸再回來，究竟需要多少時間。

「阿勇，這說不定會是個刑案。你辛苦一點，幫我跑一趟過去看看好嗎？」

「了解！」

後面交待的注意事項，飛毛腿阿勇完全沒聽進去。千種十次郎說的話，他有一半都是心不在焉地聽聽，就抱著外套往走廊衝……

阿勇的很多新聞題材都是靠雙腳跑出來的，所以才會有「飛毛腿阿勇」的稱號。他這個人最大的優點，就是不管深夜或清早，只要有事，都願意像旋風似的衝到現場去。

阿勇剛滿二十七歲，三年前才從某所大學畢業。他靠雙腳跑新聞的絕活，絕不是看早期那些採訪記者學來的。

三十分鐘後，飛毛腿阿勇已抵達小栗桂三郎位在澀谷郊外的住處。

儘管夜色已深，但他家還是鬧哄哄的……

他遞上名片，開口說：「我是關東新報的記者，剛才打過電話來……」接著，江藤老先生就走了出來，並隨即將他帶進了會客室。

簡而言之，之後發生的事，就是他們發現一家之主——小栗桂三郎確實是死在別邸的書房裡。

「為什麼報社的人會先知道？」

新聞媒體的消息再怎麼靈通，連家裡人都還不知道的事，報社竟能搶先嗅到這家的男主人死在密閉的別邸裡，實在是太離譜了。

「有個聲音像小孩的人，用公共電話打電話來通報的——即使真是如此，事情還是很不對勁。總之請先讓我看看別邸吧！警方還沒趕到吧？」

「是的。十分鐘前，家庭醫師才剛到舍下，幫忙做了很多處置，但據說老爺已經死亡超過一個小時，所以回天乏術了。剛剛我才打了電話報警，警局離這裡很遠，所以警方恐怕還需要再五到十分鐘，才會來到這裡吧。」

常見到飛毛腿阿勇的江藤老先生，儘管在慌亂之中，仍能做出這一番描述，還帶領飛毛腿阿勇前往別邸。

死去的小栗桂三郎，是個愛好獨特生活型態的人。近來他和夫人浪子女士勞燕分飛，改與一位以美貌著稱，還曾是女演員的作家——立花秀子小姐過從甚密。

在這間佔地廣闊的宅邸裡，有老管家江藤老先生夫婦、書生角木，還有兩位女僕打理。而小栗桂三郎是個三天兩頭就不在家的人，所以這麼一大群家僕，根本沒多少工作要處理，於是大家各自做起了副業，還一邊領著小栗家的薪水。

小栗本人在家時，大多都待在別邸的書房裡。他在寫文章、想事情的時候，只要沒有搖鈴叫人，家僕們一步都不准踏進去。小栗的臥室在主屋二樓，但他似乎特別喜歡這棟新建的豪華別邸，忙著寫稿時，甚至還常在這裡的沙發上過夜，一點也不稀奇。

江藤老先生把小栗的這些生活習慣都告訴了飛毛腿阿勇。而和小栗有過一面之緣的阿勇，儘管不是很確定詳情，但對這些事也並非一無所知。

內廊的盡頭就是別邸的入口。黑櫟大門不知是怎麼搞的，總之就是被砸得亂七八糟。門的彼端有著看似匆忙趕來，身上只穿了簡單和服的中年醫生。他下意識地等待著主管機關的人員來到現場，還裝出了些許職業性的冷漠，在這裡看顧著小栗桂三郎的屍體。

「這位是報社的人，老爺認識。」

江藤老先生介紹過後，飛毛腿阿勇和醫師互以眼神示意行禮。這位佐伯醫師是內科的博士，雖然只是在地方上行醫，但很受民眾好評。

「我是關東新報的早坂，接到不知名人士的電話通知，說小栗先生自殺了。我覺得很訝異，便趕快衝過來看看。他真的是自殺嗎？」

「詳細情況必須進行解剖才能做出明確的判斷。不過如果這不是自殺，案情就無法解釋了。」

「怎麼說？」

「等一下法醫應該會到場，我會在法醫見證下勘驗，再做正式宣布。不過，既然在密閉室內有人死亡，而且還出現一氧化碳或氫氰酸中毒症狀的話，那麼我想應該說是自殺也不為過。如您所見，這間房間有電暖設備，並沒有使用瓦斯和煤油，所以應該不是一氧化碳中毒。」

佐伯博士站著，從小栗桂三郎坐在安樂椅，姿態怡然自在的屍體臉上，拿掉手帕讓阿勇看。

小栗桂三郎那略顯圓潤的臉龐，就和在世時一模一樣，就連紅潤的臉色，都沒有絲毫改變。

「問題就在這紅潤的臉色。如果不是一氧化碳中毒，或氫氰酸中毒的話，死亡已經超過兩小時以上的屍體，不可能呈現這樣的色澤。」

「兩小時以上？」

「沒錯，因為小栗先生是在快十一點時死的。」

「……」

「再加上他的嘴巴周邊，留有濃郁的巴丹杏香氣——這就是小栗先生喝下大量氫氰酸的證據。」

「原來如此。」

飛毛腿阿勇心中充滿了疑惑，但既然專家說得這麼確定，阿勇就沒有質疑的空間。

屋裡並沒有任何特別雜亂之處。每個窗戶都緊閉著，並從內側上鎖，還仔細地拉上了厚窗簾。柚木大桌和波斯地毯上，都散落著許多日文和法文的書籍，但它們呈現的是一種有節奏、有個性的散落，絕不是被別人弄亂的結果。

桌子則有一個抽屜開著，但裡面既沒有特別重要的物品，也看不出有哪裡被弄亂。桌上的檯燈關著，而從天花板上垂下來的切子玻璃[1]吊燈，璀璨地照亮四周，與其說是書房，其實它更像是客廳的照明。

房裡還有一個櫻花木大書櫃，一個相當奢華的電唱機，搭配一座唱片櫃。桌子除了書桌之外，還有一張茶几。另有一個看來可以兼作床舖使用的沙發，以及兩張安樂椅，兩張小椅子。一家之主小栗桂三郎就死在一張安樂椅上，像喝得爛醉後睡著似的，看不出來任何有困擾的跡象。

茶几上則只放了一個兼作桌上型打火機使用的菸灰缸，旁邊整齊地擺放著菸斗。不過除了屋主小栗之外，看不出有人在這裡抽過菸的跡象。而在屋內一

譯註1　一種在玻璃上雕花的玻璃藝術品，在日本是頗具歷史的傳統工藝。

隅的三角櫃上，則擺放著威士忌組合和苦艾酒的瓶子，但這些酒都不像有人喝過的狀態。

這間書房的入口，就是面對走廊的那個門——也就是被江藤和角木兩人合力打破的那一扇，還有另一個直接面對院子開的門，但這道門也深鎖著。

兩道門的鑰匙，和一些小東西一起放在小栗桂三郎屍體身上的背心口袋裡。

「這些鑰匙應該都不只有一份吧？」

飛毛腿阿勇一邊說，一邊回頭看著江藤老先生。

「只有一份。您也知道老爺的個性，很不喜歡我們擅自進入書房，所以鑰匙就只有他自己手頭上那一份。我們有事的時候就從外面敲門，請老爺幫忙開門。」

如此一來，就排除所有他殺的可能了。然而，飛毛腿阿勇心中還是有些疑惑。

不久，管區警署派了負責本案的督察長和法醫一同到場。

凌晨一點，飛毛腿阿勇為了趕上本地版的最終版本發稿，必須打一通電話，給在編輯局引頸期盼消息傳來的千種十次郎。

小說家小栗桂三郎的死訊，隔天早上成了關東新報的獨家新聞。既是一流的明星作家，又以愛情獵人著稱的小栗，他的死訊，當然炒熱了近來清閒無事、暮氣沉沉的報紙社會線。

警方認為小栗死後有人打給早坂勇的那通電話至關重要，因此他也接受了偵訊。但警方認定有著許多怪癖的小栗桂三郎，應該是在死前就已擬定計劃，才會找了個小孩幫忙打電話——畢竟除此之外，其他的解釋都說不通。警方推斷小栗桂三郎的死亡時間是十點到十點三十分之間，而關東新報接到電話的時間是十一點半，早坂勇抵達小栗府邸的時間是十二點——這個時間的誤差，不會超過五分鐘。

此外，像氫氰酸味道這麼重的劇毒，不太可能就這樣拿來吞服。如果是放在威士忌或水裡喝，那麼現場應該會有充滿氫氰酸味的杯子，或是其他相關的殘餘物品才對。而且這個房間真的是從內打造成密閉空間，所以小栗服毒之後，很難想像有誰能把杯子帶走。

追根究底，就算小栗真的是自殺，但屋裡完全沒有裝氫氰酸用的杯子或瓶子，這一點可以說是相當可疑，讓承辦警員傷透腦筋。結果警方竟以「過去曾有死者是因為舔了塗在郵票背面的氫氰酸而死，所以氫氰酸應該是塗在某個沒人察覺的地方了吧」等說詞，模糊帶過。

根據解剖結果，死者的口中和胃部，都驗出了大量的氫氰酸。然而這個結果，並不足以推翻小栗係屬自殺的論調。

警方也找來小栗分居中的夫人浪子，以及交情深厚的立花秀子進行偵訊。不過兩人都有非常完整的不在場證明，因此完全沒有打算要起訴她們的意思。

選擇回娘家的浪子，恨透了小栗桂三郎這個薄情的丈夫。況且雖然她的住處離小栗家不遠，但她有點歇斯底里，尤其案發那天晚上更是嚴重發作。她年邁的母親出面作證，說她當晚片刻都沒離開過母親的視線。

至於立花秀子，當天據說是在澀谷的終點站附近一處知名公寓裡，和住在鄰戶的女詩人鼎咲子喝茶、閒聊到十點多，才回到自己房間，繼續寫她那已截稿在即的稿件，直到快十二點，才在與鄰居鼎女士互道晚安後就寢。

當晚兩人的笑語聲，連公寓走廊上都聽得見。況且後來立花咲子一直都在寫稿，她因為怕熱，即使冬天也會半開著窗。而這棟建築位在街邊轉角處，對面的人都可以清楚地看得到她。

除此之外，小栗桂三郎在文壇上也未樹敵，警方實在是想不出還會有誰像一陣煙似的潛入了他的書房，把氫氰酸倒進了他的嘴裡。

小栗桂三郎雖與妻子分居，但尚未辦理離婚手續，因此身後所留下的龐大遺產，應該都會落入夫人浪子的手中。

在這樣的風向之中，只有一個人不願相信小栗桂三郎的自殺論調——那就是關東新報社會線的主管千種十次郎。畢竟他和小栗是多年好友，很了解小栗的個性和人生觀，再加上報社記者的本能，因此對案情的發展，他也毫不掩飾地流露出疑惑不解。

「阿勇，你覺得呢？」

「什麼事？」

「就是小栗桂三郎那件事啊！你能全盤相信警方公布的那些內容，沒有半點懷疑嗎？」

到了第五天，千種終於按捺不住，插手管起了飛毛腿阿勇追的新聞。

「你的意思是？」

「我實在是不覺得小栗會自殺，他一定是被人殺害的。」

「為什麼？老大，你再把話說清楚一點。我心裡也還有些疑惑，但想法還沒整理好，還不到可以清楚說出口的地步。」

「阿勇，原來你也一樣啊？首先，小栗是出了名的樂天派，做事很有企圖心，不是會自殺的那種人。」

「……」

「再者，他的財產也多的不得了，還是一流作家，他到底有什麼理由非死不可？」

「沒有。」

「還有，警方說他是死於氫氰酸，但不是說現場沒找到裝有氫氰酸的瓶子或杯子嗎？」

「你說的對，這一點最奇怪。」

「還有啊，我聽過有人預告要自殺的，但從來沒聽過自殺之後才找人打電話給報社的案例。小栗死亡的時間，最晚也是十一點；而我們接到電話，是在接近本地版第一次截稿的時間，再怎麼晚也是十一點半……」

「……」

「還有一點，就算小栗真的是在死前先安排，請人在他死後打電話通知，但為什麼要指名找你？我一接起電話。就聽到一個小孩的聲音，清清楚楚地說請找早坂勇先生來聽電話。」

「……」

「你說你只和小栗見過一兩次，和他不太熟；但我和他可是從學生時代就認識的老朋友。假如小栗真的因為打算把自己的死訊交給關東新報當獨家，才託人打這通電話的話，要找的也不會是你早坂勇，而是我千種十次郎才對吧？阿勇，你說是不是？」

「太精彩了，老大！簡直是明察秋毫！果然不愧是一肩扛起關東新報社會線的人物啊！」

「你少煽風點火了。」

「既然你都已經明察到這種地步了，怎麼還這麼客氣，不敢出手？警視廳的花房一郎，不是你朋友嗎？」

「我跟他提過了呀！」

「喔……那他怎麼說？」

「他說聽起來是有道理，但沒有足以推翻轄區警署意見的證據。要警視廳出手，必須要有更能讓案情陷入膠著的證據才行。」

「真無聊，有什麼好客氣的。」

「所以我想不靠警方的力量，自己再更深入追查看看。一來是為了幫朋友報仇，二來是為了搶一個精彩的大獨家。」

「真是佳話。」

「阿勇，你能不能來幫我？」

「好啊！請務必讓我效勞。」

「太好了，那就這麼說定了。我想讓你見一個人，你到會客室來一下。」

幽暗的會議室裡，有一位年約十四、五歲的少年，像是在裝老實似的站在角落。

「說因為看了早報才來拜訪的人，是你吧？」

千種用略帶職業性，但不惹人厭的口吻向他搭話。

「嗯。」

少年一副驚恐的模樣，仰望著千種十次郎和飛毛腿阿勇這兩個巨人。

「沒什麼好怕的，把你知道的事告訴我們就行了。」

「……」

千種催促了一下少年之後，面對他把椅子拉近了一點。

「詳細說說看吧！」

「那個……今天早上，我看了一下自己賣的報紙，發現在『小栗』這個人的遺產報導後面，有寫『當晚受託以電話與本報聯繫者，如蒙出面，敬備薄酬』，是真的嗎？」

「當然！你看，錢不是準備在這裡了嗎？請務必知無不言、言無不盡。你就是當天晚上打電話來的人嗎？」

千種從皮夾裡拿出了好幾張鈔票，放在少年面前。

其實事發之後，千種問了電信局好幾次，結果就只知道是從澀谷車站前的公共電話打到關東新報編輯部，蒐集不到其他任何資訊，於是決定在今天的早報上刊登廣告——在一旁靜靜聽著的早坂勇，也大概知道此事。他心想「老大愈來愈認真了……」而在這個可以輕鬆掌握的骯髒少年面前，飛毛腿阿勇莫名地感到一陣亢奮的顫抖。

「沒錯，就是我。那天晚上很冷，報紙賣得不好，我賣到晚上十一點半左右，籃子才漸漸空了下來。正當我打算回家的時候，有個女人叫住了我。」

「女人？」

飛毛腿阿勇大聲一吼，少年便像是稍微受了驚嚇似的，又閉上了嘴。

「然後呢？」

千種十次郎不著痕跡地引導少年繼續說下去，也為飛毛腿阿勇輕率的態度而瞄了他一眼。

「嗯，是個女人，一個年輕漂亮的女人。」

「穿和服還是西式服裝？」

「穿和服，搭配一條褐色毛皮的脖圍，從頭到尾都半遮著臉。」

「……」

十次郎和阿勇面面相覷。會穿和服搭配褐色毛皮脖圍的，看來似乎是和小栗分居的夫人浪子。立花秀子穿的都是西式服裝，不曾有過穿和服的前例，這也是她非常自豪的一點。

「既然她用毛皮脖圍遮著臉，你為什麼會知道她長得年不年輕、漂不漂亮？」千種十次郎問。

「她要我打電話時，人在我旁邊的玻璃窗外看著。當時不知為什麼，她並沒有圍著那條脖圍。」

「那她長什麼樣子？」

「濃眉大眼，但是很漂亮。」

「好、好，這樣我大概了解了。她為什麼要你打電話，你應該還記得吧？」

「記得。她交待我，要打電話到關東新報編輯部，找一位早坂勇，跟他說小說家小栗桂三郎自殺了，是個大獨家，所以想讓他拿去立功。」

少年逐漸適應了會客室裡的氣氛，才終於說出了這些消息。

「很好。來，這一百圓是要答謝你的，你就收下吧！我還想再問一兩個問題。打完電話之後，女人有給你謝禮嗎？」

「有，她給了我一張百圓鈔。」

「那你記得她的衣服是什麼花樣嗎？」

「記得。」

「她穿什麼樣的衣服？」

「亮晶晶的黑色大衣。」

「穿草履還是木屐？」

「她穿鞋子。」

「好，有這些就很夠了。」

一聽到千種十次郎這樣說，少年就像搶走紙鈔似的拿走了謝禮，飛快地衝出了會客室。

「果然是浪子夫人啊。」

飛毛腿阿勇說。

「不，事情沒那麼簡單。」

「為什麼？那個長相、模樣，不就和浪子夫人一模一樣嗎？她悄悄溜進別邸，在不小心昏沉睡去的丈夫嘴裡滴了一點氫氰酸，再鎖上門逃離現場，來到澀谷車站前，找上這位賣晚報的少年，要他打電話給我們報社——這個推理怎麼樣？」

飛毛腿阿勇今天一反常態，滔滔不絕。

「不對。浪子夫人在殺害丈夫之後，為什麼有必要打這通電話？況且還指名要告訴只見過一、兩次面的你喔。」

「……」

「還有，那個十四、五歲的少年，竟然可以把那個女人的長相記得這麼清楚，這也有點詭異。晚上十一點多才在街上偶然遇到的人，身上穿什麼大衣、鞋子，都記得一清二楚，不會有一點奇怪嗎？更何況現在都什麼時代了，又不是早期的女學生，會穿和服搭鞋子的女人，可是很奇特的喔！」

「聽你這麼一說是有道理。或許他當時只是漫不經心地看看，後來事情鬧大之後，他原本淺淺的記憶才轉趨鮮明，烙印在他的腦海裡？」

「很難說。」

兩人不發一語，陷入長考。

「再和那個賣晚報的少年見個面吧！你知道他的地址吧？」飛毛腿阿勇說。

「我有抄下來。」

「我們去把他追回來之後，就帶著他去拜訪浪子夫人和立花秀子，讓他們當面對質吧？」

「這個辦法不錯。」

兩人搭車出去，想找出賣晚報的少年住在哪裡。但少年告訴千種十次郎的地址，位在青山穩田，附近都是宏偉的宅邸，沒有任何一戶看起來像是賣報少年住得起的房子。

「糟了！當初應該把這件事告訴警視廳的花房一郎，請專家來問話才對。」

「那些話都是隨口胡謅的嗎？」

「真是個不好應付的對手。阿勇，你想不想再拚一下？」

「拚個你死我活吧！」

「我去找浪子夫人探探口風，你負責去和立花秀子套套交情，如何？我因為小栗的關係，表面上和浪子夫人算是蠻熟的；立花秀子當過女演員，和你還頗有交情吧？」

「說起來的確是有點交情。」

「立花秀子其實也算是個職業婦女，白天應該都待在『愛之友社』吧？」

「阿勇，我們走吧！」

兩人來到知名的「愛之友社」時，約莫是剛過中午，用過午餐的人大都出去了。而身分上隸屬於「愛之友社」的立花秀子，則在角落邊的椅子上喝著茶。

「立花小姐，好久不見了！」千種十次郎不經意的打了個招呼。

「啊！是千種先生，早坂先生也一起來啦！」

「上次那件事還真是討厭啊！」

「對啊！真的很討厭！小栗先生自殺，應該不必連我都叫去問話吧？我和他有什麼關係啊？」

「真是飛來橫禍呀！算了，事情都過去了，放寬心最重要。對了，立花小姐，今天能不能陪陪我們？」

「嗯，要我作陪沒問題，但我什麼都吃不下喔。」

「妳的心情一定還很低潮……」

「哎呀，千種先生，你怎麼說這種話？討厭！對吧？早坂先生。」

「我的肚子倒是餓得很了。」

「哎唷，怎麼這麼不解風情？不過我啊，就是喜歡早坂先生這麼單純老實。」

立花秀子一邊說，一邊把座位挪動到兩人之間。

她臉上薄施白粉，搭配深色口紅，公卿大人般的濃眉底下，深邃的眼眸含嬌帶媚，還有她那從臉頰到脖頸的曲線等等，充滿著無法言喻的迷人誘惑。

一身除了黑、還是黑的西式服裝底下，一雙纖細美腿交疊之後，身體重心變得不穩，柔軟的手肘搖搖晃晃，碰到了飛毛腿阿勇。

「立花小姐，其實阿勇這個小子，最近患了相思病呢！」

「哎呀，好復古喔！對象是誰？」

「阿勇，我可以說吧？」

「老大，別多嘴！」

阿勇滿臉通紅。

「阿勇，原來你這麼害臊啊？」千種說。

「好可憐喔！你看他整個人都變得好憂鬱。」

「阿勇會患相思病，可是難得一見的大事呢！最近他整個人都變得很多『臭』善感，所以我就問他是怎麼回事……」

「你所謂的多『臭』善感是什麼意思？」

「其實就是多愁善感啦！阿勇的多愁善感實在有點愚蠢，所以我才說他是多臭善感……」

「哎唷……」

「在我逼問之下，他才說了實話。」

「他怎麼說？」

「他說因為他想妳。」

「哎呀！」

「他竟然敢說想念立花秀子小姐，是不是個不知天高地厚的小子？明明才只是個剛出道的報社記者……」

「才沒那回事呢！早坂先生，你說是吧？」

「妳別看他這樣，其實他是個文學士，只不過橄欖球的成績比學業好，但倒也不是個會嫖賭的壞人。請妳偶爾找他見見面，關照一下他吧！他覺得自己像是個中世紀的騎士，有妳的關照，就能鼓勵他奮發向上。」

「哎呀！早坂先生，這是真的嗎？我好開心喔！社會大眾以為我是個壞女人，其實我純潔得像個小家碧玉。我們就先交個朋友，好嗎？」

嬌美的立花秀子，把她那褪去手套的滑嫩雙手，放在飛毛腿阿勇那件褪了色的舊褲子上。阿勇的臉因為這一陣搖晃，已顯得害羞至極。立花秀子抬眼瞧了瞧他的那張臉。

「還真是傷腦筋啊……」

「哪有什麼好傷腦筋的。不管誰怎麼說，你都已經是我的男朋友了喔！」

「我實在太訝異了……」

飛毛腿阿勇大感錯愕。他完全沒料想到，會有這麼一位蜚聲於世的美人、才女，而且還是個風韻猶存的中年婦女，用這樣的口吻對他說話。

「那我就先告辭了，春宵一刻值千金，一切就交給你啦，阿勇！」

千種十次郎留下了一句可以做各種不同解讀的話之後，便迅速地起身。

「等等，老大，這和我們說好的不一樣。」

「你這個笨蛋，要說好去和立花小姐說吧！告辭！」

千種十次郎說完這句話之後，便快步奔向了午後的街頭。留在原地的兩個人——飛毛腿阿勇和立花秀子，像兩隻小鳥般在角落的座位上並肩坐著，害羞地對望。

又過了十天。

如今飛毛腿阿勇整天都泡在立花秀子的公寓裡，很少到報社上班。

當初他本來是被千種十次郎說服，才會為了調查小栗桂三郎的死因而潛入這間屋子裡，但曾幾何時，他已經沉溺在秀子的溫柔體貼與美色之中。

儘管社會大眾對秀子是有些流言蜚語，但對男性而言，秀子簡直就是充滿迷人魅力的尤物。她的興趣風雅，個性很知性，在寫作方面也樹立了一種新風格。但這些條件再好，都比不上這個女人在肉體上的迷人價值。

「阿勇，你原本是打算來調查我的，對吧？你怎麼會這麼傻呢？竟然以為是我殺了小栗。呵、呵……」

她這麼放聲一笑，飛毛腿阿勇心中對她的懷疑，便如一陣煙似地被吹散了。

「我從以前就很喜歡你，真的喔！我才沒有說謊。以前我在當女演員時，就有一些機會見到你。你一個新進記者，那種頑固生澀的態度，我覺得很迷人呢！」

「……」

「坦白說，從你還在大學當橄欖球選手時，我就喜歡上你了。我很一往情深吧？什麼小栗，別開玩笑了。天底下再也找不到像他那麼討厭的男人了。我很討厭他！」

她連這種話都說了。

燈透過玉蟲色[2]燈罩，散發出無可言喻的美麗光芒。秀子在這樣的燈光下，和飛毛腿阿勇並肩靠坐在沙發上。

儘管秀子怕熱，但近來她都關著窗，拉上窗簾。住在鄰戶的鼎咲子看他們這麼恩愛，心裡有點不是滋味，有時會刻意製造噪音，或裝模作樣地咳嗽等等。不過，秀子也只是像西方人那樣，聳聳她那美麗的香肩，報以一臉微笑而已。

然而，他們的交往並沒有維持太久——因為某天晚上，阿勇到公寓去找秀子時，在秀子的梳妝台抽屜裡，發現了氫氰酸的空瓶，和一把大掛鎖用的鑰匙。

阿勇很直覺地將這兩樣物品拿出來，還四處張望了一下，所幸周圍都沒人

譯註2　閃爍著金屬光澤，金中帶紫、綠的顏色。這種顏色乍看之下是綠色，但會隨著觀賞的角度不同，變化出不同的色彩。也用來比喻人把話說得模稜兩可，視情況做對自己最有利的解讀。

在。他迅速地把兩樣物品放進褲子的口袋，再假裝喝醉，搖搖晃晃地站了起來。
「好奇怪喔！隔壁的鼎小姐，先前還跟我往來得很熱絡，最近都不和我說話了欸，一定是在嫉妒我。」
剛洗完臉，展現出健康膚色的秀子，邊說邊走了進來。
「哎呀！阿勇，你怎麼了？你的臉色不太對勁喔！」
「我沒事。」
「你要出去嗎？」
「我回報社一下，最近休息太久了。」
「有什麼關係嘛！被炒魷魚就算了啊。」
「話不能這樣說。」
阿勇像顆子彈似的，衝向澀谷的街道。
他的目的地，當然就是小栗桂三郎陳屍的那棟房子。遺孀浪子尚未入主，屋裡只有江藤老先生夫婦留守看家，所以想進屋看看，並不需要太多繁瑣的程序。
「江藤先生，請讓我看一下別邸好嗎？我有東西想查一下……」

「是早坂先生啊？請進。」

完全沒有任何芥蒂。

從院子繞到別邸後，阿勇拿出從秀子梳妝台抽屜帶過來的鑰匙，插進別邸外側那扇深鎖門上的鑰匙孔——鑰匙毫不費力的插了進去，才一轉動，門就毫不費力地開了。

「啊！早坂先生，您是從哪裡拿到這把鑰匙的？」

沿著走廊來到別邸的江藤老先生突然現身。

「沒有啊，什麼？」

真不知道飛毛腿阿勇的臉有多蒼白。

當天深夜。

阿勇一如往常，和秀子並肩坐在沙發上的阿勇，思緒被一個驚人的嫌疑糾纏，卻開不了口問秀子，心裡七上八下。

「你怎麼了？臉色不太好喔。」

秀子伸長她那有如柔嫩蔓草般的手臂，想攬住阿勇。

珍珠色檯燈散發出來的光芒，把此情此景映照得更有戲劇效果。

「秀子小姐，我不能再這樣下去了。趁著今晚，我要把事情都說清楚。」

「怎麼了？哇，你好激動喔。」

「我有苦衷，這樣的生活，我已經無法再繼續過下去了。秀子小姐，請妳看看這個。」

「啊！」

秀子大驚失色，嚇得往後退——原來阿勇從褲子口袋裡抓出來，放在茶几上的，是貼著黑標籤的氫氰酸瓶，和一把閃爍著銀光的掛鎖鑰匙。

「秀子小姐，這是怎麼回事？還不只這個。我去確定這把鑰匙和小栗別邸的門完全吻合，再回到這裡的時候，在公寓門口看到妳和那個自稱賣晚報的少年談話。秀子小姐，事情已經到了這個地步，一切都結束了……秀子小姐，請妳說點什麼好嗎？如果妳要為自己辯解，我希望至少可以聽妳親口說，即使是辯解也無妨。」

阿勇抓著秀子豐滿的手臂，用力地晃動著她，就像個孩子在向媽媽要東西似的。秀子在被阿勇搖晃的情況下，仍像個小女孩一樣，低聲啜泣著。那個好強的秀子，怎麼會……

「阿勇，真的是一切都結束了，我已經不會再對你隱瞞什麼了。你到底是在哪裡拿到那個瓶子和鑰匙的？」

「從這個梳妝台的抽屜裡拿的。」

「啊！果然是那個女的。」

「那個女的指的是？」

「阿勇，殺了小栗的人是我，就是我沒錯。不過，我會這樣做是有原因的。那個叫小栗的傢伙，真是個壞人。他知到我以前犯的錯，便以此為由來要脅我，說要公諸於世。社會大眾還說得繪聲繪影，說我和那個男人有關係，那是天大的謊言啊！」

「嗯。」

「那些都是小栗搞的鬼，他想把我的名聲搞砸，好讓我對他百依百順。」

「不過，我只讓那個男人吻過我一次，就是那天晚上。」

「嗯。」

「因為除此之外，我別無他法。你看，就是像這樣……」

秀子把她那帶著溫度的美麗雙唇湊了過來，追上了阿勇的嘴唇。她睜大了那雙哀戚的雙眼……

女人的口中散發出了一股巴丹杏的香氣。

「小栗太陶醉，把放在膠囊裡的氫氰酸從我嘴裡吸走，就這樣而已。不過，我不會對你用這種膠囊。」

「啊！秀子小姐，妳別吞那個，別吞！」

「永別了……」

一切就在電光石火之間發生，連眨眼都來不及。

秀子就這樣靠著沙發倒下，渾身上下都在恐怖地顫抖。

立花秀子被小栗威脅，就在她差點要被奪去貞操之際，想到把手邊取得的氫氰酸裝進雙層膠囊裡，仔細封好，並趁接吻時送進了小栗的嘴裡。

有人說下毒殺人者，都會為自己也準備一帖毒藥。立花秀子也早就備妥了另一顆膠囊，含在嘴裡，讓自己死在阿勇的懷中。

別邸的鑰匙是小栗偷偷打好，交給秀子的。原本秀子打算當天晚上和藥瓶一起丟掉，但那天實在太匆促，所以才沒有處理掉。

後來她知到自己被刑警跟蹤，無法把這些東西拿出去丟掉，便把它們藏在公寓的儲藏室裡。沒想到鄰居鼎咲子看阿勇和秀子打得火熱，心裡很不是滋味，還萌生了一股老處女見不得人家好的心態，於是便拿出了這兩樣東西，悄悄把它們挪動到阿勇容易發現的地方去。

至於會買通少年，要他打電話到報社去，除了想讓阿勇立功之外，也是為了發洩自己的怨氣——換言之，其實就是出於犯罪者的一份小小虛榮心。

整件事都告一段落之後，千種十次郎實在提不起勇氣去責備飛毛腿阿勇，因為阿勇真的就是這麼消沉。

千種十次郎當初在聽賣晚報的少年回話時，會想到兇手可能是立花秀子，是因為少年對於委託自己打電話的女人，長相和服裝打扮都知道得太仔細，引起了他的疑心之際，少年在被問到「穿什麼鞋？」的時候，回答了「鞋子」，才更堅定了他的猜測——因為他發現少年其實記得女人穿西式服裝搭配鞋子，才會在不經意之間說出了這個答案。

附帶說明一下，少年所說的相貌和打扮，會讓人覺得與浪子很相似，其實並不是這個騙局的手法有多高明，是聽者自己疑神疑鬼所致。而這也證明了立花秀子不是那麼十惡不赦的壞人。

惡人之女

不過話說回來，他可是一個能毫不吝惜地丟下百圓鈔票的乞丐，要他去乞求別人施捨一錢、兩錢，說不定反而才奇怪吧——錢包和心情都變得輕盈許多的鳴海，腦中突然閃過了這些想法，還露出了苦笑。

一

「拜託您行行好……」

回頭一看，原本靠在同一處欄杆，貌似乞丐的中年男子，正由下往上望著鳴海司郎的臉，還恭敬地這麼說道。

春夜的廐橋[1]上，時間還不算太晚，但人潮就是少得出奇。只要被穿著打扮不怎麼樣的人搭話，就會覺得毛骨悚然——今晚就是這樣一個莫名寂寥的夜晚。

仔細一看，這名中年男子的氣質外貌，完全不會讓人覺得他是個乞丐。但他頭戴一頂破了洞的圓頂硬帽，帽沿壓低到眼睛，身上仔細地披掛著破舊的衣服，一條腿上還纏著已經變成鼠灰色的繃帶。他手上還撐著一根看來很可疑的拐杖，不知道是不是真的身體有殘疾。

都到了這樣的時間，在這樣的地點，乞丐要求「施捨我一點菸」，或最多還可能開口要「給我電車車票錢」等等，都是很常見的招術。鳴海司郎一邊這麼想，一邊把手伸進口袋，準備拿出他那個已經變輕不少的皮夾。

「不不不，我並不是想向您乞討錢財。我想拜託您離我遠一點，對著原本面對的方向，擺出和我全無關係的模樣，聽我說幾句話。」

以乞丐而言，這名中年男子的用字遣詞相當高尚，而他說話的內容，卻是詭異到了極點。面對這種突如其來的請求，若非充滿旺盛好奇心的年輕男子，恐怕不會乖乖接受。所幸鳴海司郎年紀很輕，況且他孤家寡人，所以儘管沒錢，內心卻充滿了好奇。再就社會經驗而言，一個剛從學校畢業，最基層的上班族，不管上前來的是乞丐還是小偷，都沒什麼好驚訝的。於是鳴海照著對方的指示，走遠了兩、三步，面對著燈火闌珊的本所[2]河岸方向，說：

「你看，這樣可以了吧？」

鳴海司郎催促著下一步，彷彿像是在說「我就奉陪啦」似的。

「真不好意思，對您說那麼魯莽的話……實不相瞞，我正在被相當不容小覷

譯註1　東京隅田川上的一座橋。

譯註2　東京墨田區的地名。

的敵人監視。我心想不能因為面對面說話，而給您添麻煩。其實我們現在這樣，說不定在某處也有著不知什麼樣的眼線在監視著我。」

他說的話感覺愈來愈詭異，不過唯一可以確定的，就是這個男人不是真的乞丐。以一個乞丐而言，他的用字遣詞相當知性。儘管留著滿臉鬍子，但看他待人接物的態度，總覺得他是個在富裕環境下長大，很擅於交際的人。

「其實……」

乞丐顯得難以啟齒，欲言又止。

「再過不久，會有一個女孩來到這座橋上。而在這個女孩身上，可能會降下意想不到的橫禍。我實在是擔心得不得了……」

「例如像是什麼樣的橫禍？」

「投河、被壞人攻擊……等等。」

「就算知道這些，那為什麼是你要保護她？」

鳴海司郎反問了一個很想當然耳的問題。乞丐一聽，便顯得相當驚慌。

「因、因為剛才向您報告過的那個苦衷，所以我非但不能衝出去救她，就連露面都不行。」

「喂喂喂……你給我有點分寸好嗎？你別看我這樣，我可是沒喝醉喔！想嘲弄我的話，等你有多點零用錢再來吧！第一，再怎麼粗枝大葉的人，知道等一下橋上可能有人要投河，誰還會在橋上閒晃啊？到時候我可能會被誤以為是要投河的人，最糟還可能被警察當作可疑人物，抓去問話。要是你不相信的話，可以到橋頭的那家派出所去問問看。」

聽了鳴海的這番話之後，貌似乞丐的男子「呼……」的嘆了一口氣。

「您說的很有道理。聽一個偶然路過的人——而且還是個像我這副德性的人說話，您會覺得不相信，也是非常合情合理的……不過，我從剛才開始。就一直在向眾神佛祈求，心想總能找到一個願意無條件相信我這種人說的話，願意在千鈞一髮之際，將女孩從危險情況中解救出來的老實人吧？看來這也只是我不切實際的期待罷了！沒辦法……」

「你怎麼哭起來了？既然你都這樣說了，那就不見得全都是騙人的。不過，再繼續堅持懷疑你，好像也怪可憐的。你有沒有什麼證據，可以證明女孩一定會來？」

「好的。我手邊沒有堪稱為證據的東西，不過，我就讓您看個東西，讓您知道我說的話絕不是隨口胡謅。等一下我離開這裡之後，您就數數字，一路數到二、三十之後，再過來看看我站過的地方。您準備好了嗎？來吧！一、二、三、四、五……」

貌似乞丐的男人似乎已離開鳴海身邊，數數字的聲音變得愈來愈遠。鳴海看時間差不多，便回頭一看——距離他兩、三步之遙的橋板上，即使是在夜裡，仍能看得出有一張略顯白色的物體，上面有一顆小石頭壓著。河上的風，吹得那張白色物體翩翩翻飛。

鳴海走過去撿起白色物體，就著遠處的燈光一看，發現這的的確確是一張紫色的百圓鈔票，而且既非偽造也非仿造，看起來並不很舊，是如假包換的百圓鈔票。

說到百圓鈔，儘管它在當今社會並不算一筆大錢，但看在剛從大學畢業的鳴海司郎眼中，如果當月薪水領到這一張，自己就得找錢給公司了，它可不是乞丐可以從懷裡輕鬆拿出來，還放在橋板上的小數目。

「看來這件事沒那麼單純。」

鳴海司郎站在廐橋的便橋上，不禁喃喃地說出了這句話。

二

「先生，請把它還給我。」

黑暗中出現了一位看似游手好閒的男人。他用下巴指了指，又從懷裡把手伸了出來。

「怎、怎麼回事。」

「嘿嘿嘿……你可不能暗槓起來啊！剛才你從橋上撿了一張有花紋的紫色紙片，那是我要用的錢……」

男人像極了頭戴狩獵帽的蝙蝠安[3]，身穿看來有點寒意的雙子縞條紋袷衣，

譯註3　歌舞伎劇碼《與話情浮名橫節》中的一個角色，是主角與三郎的好兄弟，右臉頰上有個蝙蝠刺青。

三尺腰帶紮得前低後高，麻裏草履隨興地勾在腳上。不過，他應該只是個不成氣候的小癟三，唯有眼裡閃爍著奇妙的光芒。

「你說什麼傻話！」

「哪裡傻了？那張鈔票可不是乞丐的錢。對那些拾金而昧、據為己有的人，到頭來我可不會就這樣善罷甘休喔！別逼我說狠話，老實還錢吧！」

他從懷裡伸出的那隻手，又伸得更長，取笑似地摸了一下鳴海司郎的鼻尖。

「你幹什麼！」

看到對方這副挑釁的模樣，鳴海不禁退了一步，正準備重新擺出備戰姿勢時，卻為時已晚——這個流氓的左手在袖子底下「唰」的動了起來，搶走了鳴海司郎右手上拿的那張百圓紙鈔。說時遲那時快，他二話不說，調頭就跑，一溜煙地往藏前[4]方向逃逸。

「啊！小、小偷啊！」

鳴海司郎在後面追了一段，但一無所獲——對方腳程快得驚人。鳴海追到橋頭來查看時，對方已經不知逃到何處，完全不見蹤影。

鳴海並非毫不留戀那張百圓鈔，只是他擔心忙著拿回鈔票之際，乞丐拜託他看顧的女孩，說不定已經出現在橋上了。或許是因為覺得那本來就不是自己的錢吧？鳴海就這麼轉頭，走回了原來那座橋，並沒有執著於拿回鈔票。

之後又過了不知幾個小時。夜裡的河水一片闃黑，彷彿要滲入人的身體裡似的。這時街上行人已少了大半，著名的落山風，吹得花瓣散盡後，又刮起了一陣餘威，把橋上的沙塵吹得四處揚起……

這時，有個女孩踩著橡膠草履，從下谷方向用小碎步走來，一邊留意四下的狀況，一邊朝著橋上走。然而，她望了四周的環境一圈之後，便又縮著肩膀，快步走過鳴海身旁。

便橋的欄杆上裝有燈泡，但這些本來就先天失調的昏暗光線，讓人根本根本看不清楚路過的人長什麼樣子。不過，鳴海司郎當下看到的那個女孩，臉龐美得明豔照人，連夜裡的黑暗也無法完全籠罩。

譯註4 藏前（Kuramae）是東京台東區的地名。

「看來這件事沒那麼單純。」

鳴海又喃喃地說了一次，同時雙腳竟已不假思索地追起了那個女孩的身影。

從西到東，又從東到西……女孩在橋上往來走了兩、三趟，而鳴海司郎一直隔著五間[5]的距離，在她身後跟蹤，但她似乎一直都沒察覺。

街燈像是被夜的闃黑吸進去似的，一盞接一盞熄滅。而整座橋上也變得愈來愈冷清。這時若有個單身女子，還有一位跟在她身後的年輕男子，在橋上來回行走的身影，橋頭的警察恐怕不會沒察覺。「差不多該試著向她搭話了吧……」就在鳴海司郎想著這件事的時候……

曾幾何時，女孩已站在橋中央，像是很著迷似的凝望著河面許久後，又像是全身發毛似的往後退，再緊緊地擁抱自己的肩膀，然後像洩了氣似的呆立在原地。

不過這樣的情況，並沒有維持太久。接著她又跑到欄杆上，把兩片袖子疊在一起，若有所思地看著夜晚的河水，看得很入迷。然而，女孩突然脫下了腳上那雙綁著紅鞋繩的草履，上半身往外探，打算靜靜地跌入大川[6]的黑水裡。

「喂！等一下！」

鳴海司郎不禁大喊一聲，拔腿飛奔過去。

三

鳴海成功救下想投河自盡的女孩，整個過程在此不多贅述。

今天的主角不是生活困頓的長者，也不是歇斯底里的婦女，是懷有強烈生活意識的年輕女孩。正因如此，若能成功勸阻下來，那是最好；要是當事人願意停止自殺行為，那更是皆大歡喜。可是，不管鳴海再怎麼問，女孩對於「為什麼會想尋死」這件事，就是完全絕口不提。

「妳看我就是個低薪的小人物，做不了什麼大事。不過要是錢能解決的煩惱，

譯註5　一間為一・八一八公尺。

譯註6　隅田川下游的別稱。

我可以到處去籌去借，讓妳應急。但妳應該不是這方面的問題吧？」

鳴海才剛說完，女孩就說：

「不是。」

女孩像個孩子一樣，連忙搖頭否認。

「要出力的話，我的力氣應該比智慧多很多。但妳應該不是有人出力就可以解決的問題吧……？」

「不，不是這方面的問題。」

「還是有妳不願意接受的親事……？」

「不不不。」

這種問法，把她問得滿臉通紅。不過看她猛烈搖頭否認的樣子，應該不是這個年紀女孩常見的感情問題。

「請您別管我，什麼都不要再問了，我……我已經……不會再有輕生的念頭了。」

她用盡全力才說出這些話。背對燈光的她，有著一雙美麗的睫毛，上面掛著如珍珠般的淚滴。

兩人不便一直待在橋上，於是鳴海便勸女孩先往下谷方向走。途中鳴海又試著問了很多問題，但別說是想尋短的原因了，就連自己的姓名、住家地址等，什麼都三緘其口，不肯透露。

「看來這件事沒那麼單純。」

鳴海想到乞丐的預言神準命中，嘴上又喃喃地說了這句話。

在街頭的燈光下，鳴海重新端詳了女孩的模樣——她看起來就像是個在高品味家庭裡長大的女孩。她頭上梳了一個低調的髮型，奶油色的光滑肌膚上，未施任何脂粉，自然的眉毛，細長的眼眸，如象牙彫刻般精美的鼻梁，搭配上緊緻的雙唇。這個年約十九、二十歲，渾身散發著一股莫名的知性，卻可愛至極的女孩。她那一身看似美麗諾羊毛材質，稍顯樸素的服裝，為她又增添了幾分清純，讓這個女孩的氣質更顯高雅。

「非常謝謝你，到這裡就可以了。」

女孩突然停下腳步，說了這句話。這裡是下谷竹町的某條巷子，剛才我什麼都沒多想，就在女孩的帶領下，來到了這樣的地方。

「府上住在這裡嗎？」

「不，這是我奶媽家。」

女孩敲了門之後，輕鬆地前來開門的，是個五十多歲，身材豐腴的女人。

「哎呀！這不是小姐嗎？您是怎麼了？怎麼這個時間過來？您的同伴是……？」

看到一名出乎意料的年輕男子出現，奶媽立刻機警地切斷了自己說的話。

「小姐就交給您了喔！萬一出了什麼問題，那可就不好了，所以請您要多留意一下——今晚小姐在廐橋上打算投河自盡，我費了一番功夫，才終於把她救了下來，送到這裡。這樣您了解了嗎？」

「欸！您的意思是說小姐打算投河自盡……？」

「您這樣大聲嚷嚷，會被鄰居聽到喔。」

「小姐，您有必要把自己糟蹋到這個地步嗎？不過老爺搞那種勾當……」

奶媽好像要說些什麼，卻被女孩硬是抓著手，把她拉進屋裡去了。

多問問這位看起來很和善的奶媽，應該就能了解更多詳情。而現在厚著臉皮賴在這裡，就好像是要向人家討人情似的，一點也不好玩。

明天再試試其他方法吧。

鳴海司郎考慮片刻，便決定今天先打道回府，踏上返回住處的歸途。

四

乞丐的預言、百圓鈔、流氓……前晚像旋渦般捲起的一連串奇妙事件，為鳴海司郎的小人物生活，點起了一道紅色的火燄。

尤其是那位想投河自盡的美麗女孩，還刻意把鳴海這個救命恩人帶到竹町的奶媽家，為的就是要隱瞞自己的住處與姓名，實在是個奇妙的聰明女孩。而她那雙有淚水停駐，如黑瑪瑙般的美麗雙眼，已仔細地烙印在鳴海司郎的記憶裡，消不去也忘不了。

所幸隔天是週日。櫻花雖然謝了，但仍是適合散步的好時節。如果是平時，鳴海司郎會滿懷開朗的心情，搭乘前往郊區的鐵路，奔向能欣賞滿眼綠意的地方。可是，他今天沒有那樣的興致。鳴海穿上輕盈的春裝，搭配鼠灰色費多拉帽，腋下夾著一根細手杖，輕鬆地來到昨晚那戶位在竹町的人家時，才剛過了正午。

這裡是一家蕭條至極的零食雜貨店。在滿屋的塵埃當中，擺著像小石頭般的詭異商品。昨晚那位豐腴的老太太，並沒有在店頭看顧，而是在屋裡工作。

「早安。」

他喊了一聲。

「哎呀！昨晚真是太感謝您了。多虧有您在，小姐才幸運得救。我後來聽說事情原委，嚇了一大跳。她竟然就這麼恍恍惚惚地動了尋死的念頭欸！有那樣的身分，實在好可憐。昨天那麼晚了，小姐居然還跑到橋上去，恐怕是被死神給附身了吧……」

老太太連珠砲似的一路說個不停，鳴海司郎完全沒有機會插嘴。他好不容易才找到一段話結束的空檔，便開口問：

「話說回來，小姐今天是外出了嗎？」

「她有點事要辦，剛才和我先生一起出門去了。」

「去哪裡？」

「不知道欸！我向來都搞不清楚這些事。」

閒話就可以說個沒完沒了，一提到正經事就沒頭緒了。

「那位小姐好像是很有來頭的人物，她是哪裡的名門閨秀？叫什麼芳名？」

鳴海心想現在正是時候，於是便不著痕跡地問了一聲。孰料保母的表情突然變得一臉僵硬。

「很感謝您特地過來。可是就只有這件事，我真的是無可奉告。就唯獨這個問題不行……」

老太太明明那麼呱噪，卻突然不發一語，宛如田螺似的，很不像她。再問下去，恐怕也不會有什麼太大的收穫。

鳴海找了機會告辭之後，雙腳已自動朝厩橋方向移動。事情才過了一晚，他心想到現場去，或許還能發現一些什麼不尋常的地方。而這樣的預感，也讓他的內心充滿期待。

來到厩橋橋頭，鳴海看到昨晚的乞丐已在到處遊蕩，想必他已經在這裡佔了行乞用的地盤吧？鳴海決定暫時先躲在電線桿的陰影，和店家的遮陽棚下觀望。然而，鳴海不知是否自己多心，總覺得這個乞丐顯得很躁動，完全沒有看到他在向過往行人乞求略施小惠的模樣。

不過話說回來，他可是一個能毫不吝惜地丟下百圓鈔票的乞丐，要他去乞求別人施捨一錢、兩錢，說不定反而才奇怪吧——錢包和心情都變得輕盈許多的鳴海，腦中突然閃過了這些想法，還露出了苦笑。

過了半晌，那個乞丐一家一家地望著附近的商店，似乎是在欣賞店頭陳列的手錶。然而，他不知為何受了驚嚇，突然撐起拐杖，快步地往本所方向，也就是往橋上前進。

鳴海當然是邊找掩護，一邊跟蹤這個乞丐。但是，就在過橋後右轉，進入橫網[7]又轉進兩、三條巷子之後，那個乞丐就像消失了一般，再也不見他的蹤影。

「這可不行。」

嗚海咂了一下舌，壓低腳步聲，亂槍打鳥地在附近繞，結果竟走到了一處位在道路盡頭，看似大型空置倉庫的鐵皮屋。繞了一圈之後，原本的那個地點，竟又像「呼」一聲似的出現。

嗚海回過神來，發現不知何處傳來有人小聲交頭接耳的聲音。他不假思索地四處張望了一番，發現右手邊的牆上有個大洞。半蹲著往洞裡一看，就能清楚地看到圍牆彼端的一片空地。

在空倉庫、圍牆與河川之間，圍出了一塊形狀不方正的空地……原來如此！這是一處最適合白天幽會的好地點。

而在這裡說話的人，一個是剛才嗚海一路尾隨的奇妙乞丐，另一個則是那個打算投河自盡的美麗女孩。

「父親大人，昨晚您是怎麼了？我依照您在信上寫的時間，到您指定的地點去，卻沒有見到您。我還以為我是不是一切都完了呢！」

譯註7 橫網（Yokoami）是東京墨田區的地名。

乞丐和女孩竟然是父女？鳴海倒也不是完全沒有想過這個可能，但他還是不禁屏息傾聽。

「我知道呀！妳不是還因為太失望，而打算從那個欄杆上跳下去嗎？」

「欸？父親大人，您看到那一幕了嗎？」

「我躲在那個欄杆外的圍籬暗處啊！當時我很想出面，但前後都有可怕的眼線在盯著我，所以我根本就動彈不得……我怕妳萬一擔心過度，不知道會做出什麼事，就找了一個看起來很老實的年輕男人，要他在妳危險的時候救妳。」

「父親大人？」

「我什麼都知道……可是妳為什麼又動了那種愚蠢的念頭！」

「父親大人……」

美麗的女孩，緊抓著乞丐模樣的父親，泣不成聲地啜泣著。

「別再有那種莽撞的念頭，再稍微忍耐一下吧！妳為什麼就是不肯乖乖待在駒形的別墅呢？……再過兩、三天，我就可以拿到護照了。有了護照，先到台灣或滿洲，再從那裡遠走高飛，逃到南美去，就一點也不難了。到了南美，安頓好之後，就馬上安排信得過的人來接妳，把妳接過去同住——這些我不是都保證過了嗎？我已經幫妳解釋得那麼清楚，為什麼妳還是不懂？妳再怎麼脆弱，只有半年，最多一年的時間，豈有忍耐不了的道理……駒形的別墅，現在登記在妳的名下，社會大眾不會有人知道妳的身分。如果不喜歡，妳也可以去住竹町的奶媽家，反正只要撐個半年、一年……」

骯髒的乞丐把手放在美麗的女兒肩上，諄諄善誘的模樣，還真是一幕奇觀。儘管兩人看來應該是認真至極，但鳴海司郎看著眼前的情景，竟有一種在看電影裡某個場景的感覺。

五

「父親大人、父親大人，您說的我都聽得懂。不過，您不論如何都要到南美去，對吧？那為什麼您不願意出面自首，接受該受的處罰，做完該做的事呢？父親大人，請您別一心只想逃避，為了更多人，請您回心轉意，出面去自首吧！

只要是走在正確的道路上，那麼我會陪在父親大人身邊，即使是坐在那座橋頭邊，我也毫不覺得辛苦……死去的媽媽也會看顧我們的。與其像這樣活得畏畏縮縮、躲躲藏藏，還不如真的去當乞丐，我也不會覺得難過或辛苦。父親大人！」

如雨般落下的眼淚，彷彿能讓女孩的身體浮起似的。她緊抓著父親那污穢膝蓋、胸口。

正午的太陽，鮮明地照亮著這奇妙的場景。這時聽得見的，就只有近處的浪聲，和遠處大都會的喧囂，而它們也特別沁人心脾。一股和這裡不協調異樣靜謐，直指人心。

「說、說什麼傻話！事到如今還說那種喪氣話，有什麼用？我可不打算就用這一身乞丐行頭，度過我漫長的一生。我這個父親，為了能到南美去過王公貴族般的生活，才會暫時打扮成這副德行。妳可別亂說傻話，破壞我精心策劃的大計。」

「不不不，父親大人，王公貴族的生活，我一點都不羨慕。如果能緩解許多人的仇恨，過著更心安理得的生活，要我在日本當乞丐也無妨。」

「別說傻話了！我的大計已經完成八成了。啊……」

乞丐像是突然回過神來似的，四處張望了一下，說：

「好像有人來了，妳快回去，有事的話我會寫信到竹町去，明白了嗎？妳就安心地等，別再有什麼尋死的念頭，懂了嗎？好了，快回去吧！」

乞丐像是硬把人拖走似的，把女孩送進了一條巷子，並目送她那無精打彩的背影離開。後來好像受了什麼驚嚇，才又回過神來，快速地往另一個方向奔去。

「上哪去？等你很久了！」

張開大手，站在他面前擋住去路的，就是昨晚從鳴海手中搶走百圓紙鈔，貌似流氓的男人。

「嘿嘿，抱歉，我要到那裡去。」

「我不知道你要到哪裡去，不過要經過這裡，可是都要留下買路財的呀！」

「欸？」

「沒什麼好意外的吧？連著兩、三天都被揍，現在錢包裡半毛錢都沒有，沒辦法高傲地掏出一百圓啦！我要的也不多，你乞討來的那些錢，多的就先借我吧！」

鳴海司郎看得目瞪口呆——因為他從沒想過，在大白天的東京市中心，竟然會有人向乞丐勒索錢財。

「老大，您別跟我開玩笑了。您也看到了，我就是個乞丐，靠抓著人家的衣袖，一錢、兩錢地求人施捨，才好不容易保住這條小命，處境很可悲啊！」

「哈哈哈哈哈……我就是知道你怎麼行乞，才會來找你借點本錢的啊！老天爺早就連你的財產有多少，都看得一清二楚了。少廢話！快把錢都給我交出來！」

「老大，您別開玩笑了。救命啊！」

乞丐到處逃，流氓則在後面追，終於逮到機會把手伸進乞丐懷裡。

「哇！」

乞丐舉起了拐杖，纏著繃帶的那條腿也變得很正常。他的臉上，充滿了令人意想不到的殺氣。

「喂！兄弟們，快來幫忙！」

「遵命！」

流氓一吆喝，便有三、四個不知原先躲在哪裡，樣貌和他一樣不太正派的人，一起衝了出來。

乞丐見形勢不利，便將手身進自己懷中，抓出一、兩把有金幣、銀幣和大小紙鈔的財寶，像落葉般對空一撒。

「去撿個夠吧！」

撂下這句話之後，乞丐就不知躲到哪裡去了。

「喂！你們有點分寸好嗎！這樣豈不是讓真正的大魚溜了嗎？」

「欸？」

「還欸什麼欸啊！你們不能只顧著撿那些東西啊！」

「原來如此，這是我們的錯。」

三、四個無賴小弟，把撿來的金、銀、紙鈔堆成了一座小山，還站在小山前面面相覷了好一會兒。

「不過呢，我大概猜到那個傢伙的巢穴在哪裡了。」

「喔……在哪裡？」

「你們沒看到他包著繃帶的那條腿嗎？」

那個貌似老大的無賴這麼說。

「他把錢藏在包著繃帶的那隻腳喔？」

「沒那麼蠢。我是在問你們有沒有看到他包著繃帶那條腿上，有很多混凝土的粉屑。而且仔細一看，就會發現不只繃帶，連他身上那些像海帶般的舊衣破布，也都沾附了大量的混凝土粉屑。這下子你們就猜得到了吧？什麼嘛！從這裡到吾妻橋一帶，我們花了那麼多時間找，結果根本就是大錯特錯。我看那個傢伙的巢穴，其實是在淺野混凝土廠附近，也就是離青洲橋不遠的地方，絕對錯不了。我的想法如何？」

這群流氓的老大，眼睛在狩獵帽下閃閃發光。

「原來如此，絕對錯不了。」

照常理來說，這時應該要擊掌慶祝才對。但這群小弟不知在顧忌些什麼，只是彼此面面相覷，冷靜地敬佩著老大。

「好，既然想到方向了，最好趕快行動。那個傢伙手上也沒糧草了，一定會馬上直奔巢穴。接下來我們立刻出動，把有混凝土粉屑覆蓋的地方，地毯式地搜一遍，有石頭就搜石頭、有木材就搜木材，小屋、倉庫也都不能放過。」

六

隔天，鳴海司郎把公司的工作處理完，趕到大川端[8]時，已經是五點多。儘管春天的日照再怎麼悠長，這時夕陽也即將將沉入暮靄之中。

他先走到淺野混凝土場附近看看，發現所有的石牆、木材、橋和倉庫等，都已經過相當徹底的搜查。詭異的是，這些東西都沒有被更換，也沒有被挖出來。

「沒找到哪裡有洞之類的嗎……」

鳴海司郎一邊想著，一邊信步來到新大橋。出現在蒸汽渡輪碼頭的，竟然是昨天那群流氓。看他們沾滿了一身混凝土粉屑，又一臉失望的模樣，就知道他們的探險是以失敗收場了。

譯註8　大川端（Ookawabata）是隅田川下游右岸一帶的稱呼。

不久，蒸汽渡輪進到碼頭，這群流氓彼此用眼神溝通過後，小弟們都留在岸上，只有大哥一個人上了船。鳴海司郎不明就理，當場還猶豫了一下，最後他覺得比起那三、四個小弟，還是單獨行動的老大比較重要，於是便尾隨上船，裝出一副若無其事的表情，在一旁觀察這位老大的動靜。

蒸汽渡輪從兩國出發，過了駒形橋，沿著暮光灑落的河面，來到當時正在改建中的厩橋下。

不知是否想讓疲憊的腦袋吹吹風，流氓老大爬上出口的樓梯，半個身體向外探到低矮的船頂上。船行到便橋附近時，這個老大竟然使出了器械體操的招術，「唰」的一聲爬到了蒸汽渡輪的船頂。

鳴海就在這位老大身邊，對他的一舉一動都看在眼裡。然而，在這艘擁擠的渡輪上，乘客們正專心聽著八本賣二十錢的過期雜誌小販介紹，沒人發現流氓爬到了蒸汽渡輪的船頂上。

夕陽無聲地籠罩河面，附近的暮色愈來愈深。蒸汽渡輪是以太陽下山作為收班的訊號，所以這班船恐怕就是今天的末班船了。船家不斷鳴著悠揚的汽笛聲，接著船隻即將駛入低矮的便橋橋桁下方。

鳴海以為人在船頂上的那個流氓會稍微縮起身子，沒想到他猛然一跳，人就攀附在頭上那座橋桁上，簡直就是千鈞一髮的驚人特技。

不久，蒸汽渡輪就穿過了便橋。它一邊在河面上畫著圓滑的曲線，一邊駛進了廐橋的碼頭。

鳴海目睹了流氓老大跳上去的那一幕之後，隨即像顆子彈似的衝出渡輪外，快步爬上階梯，再繞一大圈來到橋上。他發現有個留著一頭蓬亂頭髮的人，已從橋桁下方爬了上來，手抓著欄杆，準備往上跳。

「鳴海先生，抓住那個乞丐！」

橋下還有一個男人跟著上來——這當然就是從蒸汽渡輪船頂跳過來攀附橋桁的流氓了。

鳴海沒想到這裡有人會叫自己的名字，嚇了一跳。仔細一看，乞丐已經爬過欄杆，跳下來準備往淺草方向逃逸。究竟該抓住他，還是該放他走？鳴海本來沒打算猶豫，卻在遲疑的空檔……

「咦？父親大人，別逃……請您就這樣、就這樣束手就擒。」

美麗的女孩不知突然從哪裡出現，拖住了一身乞丐模樣的父親，拚命地和他糾纏著。

「放手！喂！土岐子，放手！」

「父親大人，請您別逃。」

女孩已泣不成聲，差點就要聽不見。但她的纖纖雙手有如藤蔓，纏住了父親的身體，彷彿至死方休似的奮力纏鬥著。

「權堂，你只是在垂死掙扎而已！束手讓女兒親手逮捕妳吧！至少要為自己贖罪！」

一串嚴肅剛正的斥責聲傳來。

鳴海回頭一看，原來是那個無恥的流氓，丟掉了他的狩獵帽，眼睜睜地看著這個父女相爭的奇妙情景。

這個情況似乎又有些詭異。猶如現代版蝙蝠安的廉價壞蛋，身上還是穿著雙子縞條紋袷衣，搭配紮得前低後高的三尺腰帶，卻變得威風八面、英姿煥發，簡直像換了一個人似的。

「喝……抱歉了。」

貌似乞丐，名叫權堂的那個男人，全身癱軟地在橋上坐了下來；而他那美麗的女兒土崎子，則失去了意識，昏倒在地，就像一朵凋萎的芙蓉。

這時橋上已經滿是圍觀的群眾。

「快走、快走，不准停留。」

前來驅趕民眾的警察一到，那個貌似流氓的男人便將他叫到一旁，說：

「這是我追查已久的捲款潛逃案，他就是兇手權堂贇之助。麻煩你打個電話給署裡，請他們安排押解手續。」

「啊？那個斂財精？」

警察會如此驚訝，其實也無可厚非。權堂從升斗小民身上搾取了好幾百萬，而且眼看自己經營的公司快要破產，就捲走能收到款項的現金和有價證券，總共帶走了一百多萬，從此銷聲匿跡，完全不顧其他幾十萬相關人士的怨恨與悲憤，是個很有名的斂財精。

「那你是哪位？」

聽了警察的這個問題，貌似流氓的男人回答：

「我叫花房一郎。」

「啊？」

沒想到這個冷酷無恥的流氓，竟然就是名警探花房一郎！這件事就連警察都大吃一驚，何況是鳴海司郎，吃驚程度更勝一籌。

花房一郎交待這時趕到現場的便衣部屬，要他們再到橋下去搜索一次。不久，便衣刑警就扛了一個很大的行李箱上來。

「那個行李箱裡，應該裝了百萬以上的現金和有價證券。這些錢很重要，將來可以分還給含著血淚怨恨權堂的那幾十萬存款戶，給我小心地運回署裡！」

把該做的事都處理完畢後，花房一郎靜靜地回頭，望了司郎一眼，說：

「鳴海先生，請不必驚慌。其實我昨晚已連夜派人查過你的大名和身分背景，你是警方重要的證人，請你先照顧這位小姐，稍後再搭計程車或什麼的，到警視廳來一趟。沒問題吧？」

穩重平靜的口吻，和他的外貌截然不同，讓人感到莫名地親切。

七

名警探花房一郎在解決整起事件之後，對鳴海司郎說了這麼一段話：

「其實也沒什麼大不了的。我知道權堂捲走了百萬鉅款，準備遠走高飛，逃亡海外，就馬上在吾妻橋到兩國橋之間佈線戒備。我會這麼做，其實是有原因的。他不在家這段期間，時常有寄件人不明的信件寄給他女兒，而且都是從淺草寄出的。再加上權堂在駒形有一棟別墅，登記在女兒名下，而我也知道他那個裝了上百萬圓的行李箱就藏在這裡，便推斷他一定是以駒形為中心，藏身在從吾妻橋到兩國之間這一帶了。

那附近的戒備森嚴，而他的長相大家也都知道。如果只是他自己一個人，或許還會單獨行動，那麼大的一個行李箱，他一定不會帶出來在街上閒晃。況且站在權堂的立場想想就知道，他就算拚了命，也絕不會讓那個大行李箱離開身邊。

於是我便打扮成流氓，在那附近巡邏。沒想到一下子就發現喬裝成乞丐，一身落魄打扮的權堂。但最傷腦筋的，是沒那麼容易掌握裝有百萬鉅款的大行李箱藏在哪裡。這麼大的捲款潛逃案，光只抓到兇手是沒用的。否則他們只要堅不吐實，幾年後刑期一滿，就有機會悄悄拿出隱匿的鉅款來花用。諸如此類的案例，我看過不知多少件，數都數不清。」

所以我就先按兵不動，放權堂在外自由行動，以便找出行李箱的所在地點。

我會出手搶走權堂給你的那張百圓鈔，其實是因為我雞婆，想讓你避免誤觸法網。那些錢都是壓榨升斗小民的民脂民膏而來，是有問題的贓款，每一分錢都不能浪費——因為它們要拿來還給那些可憐的存款戶，哪怕只是原本的幾成幾分，都想盡量多為他們爭取一點。

我和部屬會在橫網攻擊權堂，也是為了要扣押他身上的所有贓款。還有一個原因，就是我認為權堂身上如果連一毛錢都沒有，一定會跑到藏錢的地點去拿錢。權堂的確是個不折不扣的壞人，但在乞丐這一行，他畢竟還是個新手，拉不下臉來向人行乞，所以只要一缺錢，就會連一天都活不下去。

至於混凝土粉屑的事，是我們上當了。那是權堂為了調虎離山所用的技倆。哎呀，真是太可笑了……

我們在淺野混凝土廠附近查探過後一無所獲，便失望地收隊回來，沒想到正巧在橋桁上瞄到一根粗繩。那種地方不應該有繩子，所以一定是有人在那裡，為了避免掉下去，才用繩子綁住身體，否則就一定是有人把很大件的行李藏在橋桁上面。

假如權堂真的躲在那裡，我們從橋上過去抓人，他就會趁機從另一端逃走。這些想必他已經研究得很徹底，想過各種方法，所以我們警方不能隨便出手。否則就算沒被他逃走，他自知難逃追捕時，恐怕會一不做二不休，把裝有百萬鉅款的行李箱丟進河裡。我會急中生智，想到從蒸汽渡輪的船頂跳到橋下，就是因為這些考量。

最幸運的，就是能平安拿到那個裝有百萬鉅款的行李箱了。有了這筆錢，那幾十萬個被權堂騙走寶貴財產的存款戶，就可以稍微得到一點補償了吧。相形之下，抓到權堂這件事，還真的只是錦上添花——畢竟如果只是要抓他的話，警方早在十天前就可以動手抓人了……。

不過話說回來，我真的很佩服那個名叫土岐子的女孩。我很欣賞她的那份精神，多虧有她，為我的報告注入了莫大的溫馨。權堂那個大壞蛋，為什麼能生出那麼了不起的女兒？只能說這一切都是神明巧妙的安排吧！就連罪大惡極的藤堂，最後也折服於女兒的動人精神之下。據說最近他在看守所已經大徹大悟、改過向善了。如果你方便的話，請你多照顧那位小姐。她畢竟是斂財精的女兒，社會大眾恐怕不會給她好臉色看。我想應該只有你明白那個女孩，有著和常人一樣美好的慈心善意。……什麼？你已經在照顧她了？手腳還真快啊！我花房一郎對這方面的事，向來很遲鈍啊！哈哈哈哈……」

（作者註：本篇作品寫於十七、八年前，當時厩橋還只有便橋。我認為沒有必要特別改寫，故決定保留原貌，直接發表。）

作者簡介

野村胡堂（のむら　こどう，一八八二—一九六三）

日本小說家、音樂評論家、人物評論家。本名野村長一，出生於日本岩手縣。一八九六年進入盛岡尋常中學校就讀，日語國學大師金田一京助是其同年級同學，詩人作家石川啄木則是其學弟，三人在學時期均熱衷於文學活動。一九〇七年進入東京帝國大學法學科（現為東京大學法學部）就讀，但後來因父親過世而休學。一九一二年進入報知新聞社，負責人物評論專欄「人類館」的連載。在新聞社工作時，野村才真正開始執筆撰寫小說，當時他已四十歲。一九三一年因《文藝春秋ALL讀物》創刊，野村受託撰寫「捕物帳（江戶時期捉拿犯人的故事）」，並創作出代表作《錢形平次捕物控》的第一部作品〈金色的處女〉，其後二十七年間寫出三百八十三篇故事。在此之前發表了以現代警視廳的花房一郎刑警為主角的偵探小說系列，別出一格。

另外，野村也熱衷於收集唱片，並以筆名「あらえびす（araebisu，日本古時對東北人的稱呼）」撰寫了不少西洋音樂評論。

死亡預告

這次要輪到我了嗎？
野村胡堂的名警探推理短篇集

書　　名　死亡預告
作　　者　野村胡堂
譯　　者　張嘉芬
策　　劃　好室書品
特約編輯　陳靜惠、陳楷錞
封面設計　劉旻旻
內頁排版　洪志杰

發 行 人　程顯灝
總 編 輯　盧美娜
發 行 部　侯莉莉
財 務 部　許麗娟
印　　務　許丁財
法律顧問　樸泰國際法律事務所許家華律師

藝文空間　三友藝文複合空間
地　　址　106 台北市安和路 2 段 213 號 9 樓
電　　話　(02)2377-1163

出 版 者　四塊玉文創有限公司
地　　址　106 台北市安和路 2 段 213 號 9 樓
電　　話　(02) 2377-1163、(02) 2377-4155
傳　　真　(02) 2377-1213、(02) 2377-4355
E-mail　service@sanyau.com.tw
郵政劃撥　05844889 三友圖書有限公司

總 經 銷　大和書報圖書股份有限公司
地　　址　新北市新莊區五工五路 2 號
電　　話　(02) 8990-2588
傳　　真　(02) 2299-7900
製版印刷　卡樂彩色製版印刷有限公司

初　　版　2022 年 6 月
定　　價　新台幣 360 元
ISBN　978-626-7096-10-9（平裝）

國家圖書館出版品預行編目 (CIP) 資料

死亡預告：這次要輪到我了嗎？野村胡堂的名警探推理短篇集 / 野村胡堂 著；張嘉芬 譯 .-- 初版 .-- 台北市：四塊玉文創有限公司，2022.06　272 面；14.8X21 公分 .-- (HINT：5)
ISBN 978-626-7096-10-9(平裝)

861.57　　111005814

SANYAU
http://www.ju-zi.com.tw
三友圖書
友直 友諒 友多聞

三友官網

三友 Line@

HINT

HINT